LÉON-A. DAUDET

LES "KAMTCHATKA"

— MŒURS CONTEMPORAINES —

Pour une fois chastic doucque
en riant.

NEUVIÈME MILLE

PARIS

BIBLIOTHÈQUE-CHARPENTIER

G. CHARPENTIER et E. FASQUELLE, Éditeurs

11, RUE DE GRENELLE, 11

1895

LES "KAMTCHATKA"

MŒURS CONTEMPORAINES

G. CHARPENTIER et E. FASQUELLE, Éditeurs

11, RUE DE GRENELLE, PARIS

OUVRAGES DU MÊME AUTEUR

PUBLIÉS DANS LA BIBLIOTHÈQUE-CHARPENTIER

à 3 fr. 50 le volume

En Préparation :

LÉON-A. DAUDET

LES "KAMTCHATKA"

MŒURS CONTEMPORAINES

Pour une fois chastie doncque
en riant.

SIXIÈME MILLE

PARIS

BIBLIOTHÈQUE-CHARPENTIER

G. CHARPENTIER ET E. FASQUELLE, Éditeurs

11, RUE DE GRENELLE, 11

1895

A. F. DE RODAYS

DIRECTEUR DU *FIGARO*

Je dédie ce livre

en témoignage de ma profonde sympathie

LES

KAMTCHATKA

I

C'était un clair jeudi d'avril, jour de réception
de Mme Toupin des Mares, en son second, rue La
Boëtie.

Dans ce vaste salon, de style aussi Louis XVI
qu'il est convenable, étaient assises un certain
nombre de personnalités différentes par le sexe,
l'âge et la profession, mais semblables par leur
désir immodéré de s'éblouir réciproquement et
leur zèle à traiter des sujets dont elles ignoraient
le premier mot.

Il y avait trois groupes bien distincts : le premier était présidé par la maîtresse de maison elle-

même, Mme Toupin des Mares, anciennement
Desmares, dont le corps énorme, enthousiaste et
croulant, était surmonté d'une petite tête mobile
aux yeux clairs, fendue de travers par une petite
bouche frétillante qui tordait, avant de les lancer,
les propos aigres et les remarques désobligeantes.
Sa fille, Mlle Morgane, longue et prétentieuse, au
parler juteux, était le portrait de sa mère un peu
allongée et n'attendait, pour se confondre avec
elle, qu'un supplément d'années, de graisse et de
médisance. Son fils, Siegmund Toupin des Mares,
souffrait de l'estomac et d'une nullité envieuse
qui lui injectait le regard de bile. Il était maigre
et parfaitement vêtu, parlait peu, mais avec des
intentions profondes, et, se souvenant que, si sa
sœur devait son prénom à la littérature féerique,
lui devait le sien à Wagner, il faisait des efforts
musicaux.

Au centre du trio familial, le romancier Gréveuille, dont la face est dissymétrique, aplatie à
droite, renflée à gauche et comme échaudée, s'occupait à bêcher, sarcler, émonder ses confrères
absents. De temps à autre il tirait son pantalon,
afin d'éviter les *genoux*, se mirait dans le vernis
de ses souliers, ou lançait le bras droit en l'air

comme pour dire : « Ainsi court et voltige ma fantaisie ! » Mme Toupin des Mares l'observait avec un respect attendri, car, au sujet de leur liaison, suivant le vocabulaire mondain, *les mauvaises langues faisaient des gorges chaudes*.

Un peu sur le côté et s'efforçant de terrifier, était assis le pamphlétaire catholique Robert Sorpion, sale et visqueux, visage obscur, mêlé de forçat, de vieux marguillier et de parasite. Il s'exprimait par métaphores et frappait du poing sur ses cuisses pour un rien.

Le deuxième groupe appartenait à une quantité de petits jeunes gens, de profil sémitique, de costume 1830 et d'opinions exaspérées, peintres en herbe, musiciens en germe, littérateurs en expectative, critiques surtout et critiquants de bonne critiquaillerie, troupeau bêlant, grognant et murmurant que menait paître son berger, Jacques Sivreuse, directeur du *Curare*, la mince, l'intrépide revue d'avant-garde. Celui-ci possédait un monocle cruel, un col surexhaussé, une cravate bouffante comme une vague de soie, une redingote cercueil, la raie du psychologue. Il surveillait les moindres plis de sa physionomie de blond pervers, car la perversité était son phare

et son guide, et il ne se plaisait qu'aux combinaisons mortelles et conquérantes, à la Valmont, à
la Julien Sorel. Il émettait des aphorismes inéluc-
tables, prononçait des jugements hautains et
précis, s'admirait comme dans un miroir, se répétait : « Quel séduisant monstre ! » Alentour ses
disciples béaient, épiaient ses gestes rares, ses
formules tranchantes. Seul restait impassible et
comme gêné un anarchiste authentique, gros
gaillard aux joues luisantes et aux mains gourdes,
que Sivreuse avait amené à l'intention de Mme Toupin des Mares, laquelle, dès le début, se montra
passionnée pour les bombes et les éclatantes re-
vendications sociales.

Le troisième groupe enfin brillait de tout l'éclat
de sa pièce principale, Mme Rose Coindart, la
femme du peintre, longue et sinueuse comme
une liane, à tête mince et sifflante de vipère. Face
à Mme Coindart, Tismet de l'Ancre, le beau, le sémil-
lant, le frétillant docteur pour dames, lissait sa
moustache irréprochable et renouvelait le velours
de son regard. Gigantesque, macéré, fantastique,
une sorte de don Quichotte au nez en bataille,
aux cheveux lisses, au teint blême, intervenait
tout à coup dans la causerie par des citations de

Marc-Aurèle ou de Socrate qu'il émettait d'une
voix blanche et impérieuse et qu'il soulignait
d'une courte aspiration, humée des lèvres, extraordinairement fate : c'était Arthur Véronisse,
philosophe, comme il imprimait sur ses cartes,
géologue, agronome, conférencier, auteur imagi-
naire de cinquante drames et de soixante romans
destinés à révolutionner l'Europe et à *rafraîchir
les âmes altérées*. Vêtu de drap sombre, comme
en deuil de sa gloire, râpé mais d'une propreté
idéale, qui contrastait avec la crasse hideuse de
Sorpion, il étalait des grâces raides de cinquante-
naire, faisait des ronds de bras, des effets de
jambes, et, au seul nom d'Épictète, rejetait en
arrière sa chevelure prophétique.

Un peu à l'écart, sur des sièges bas, se tenaient
le jeune peintre Paul Lermy, dont le talent réel
et simple irritait ses prétentieux contemporains,
et une ravissante créature brune, Mlle Claire Houdraye, fille d'un riche photographe retiré des
affaires, que son père, bohème et bizarre, laissait
vivre seule et circuler en femme dans le monde.
Mais de son enfance orageuse et de son triste
abandon Claire Houdraye avait gardé l'horreur
absolue du vice, un besoin de tendresse discrète

1.

et pure qui, sans qu'elle s'en doutât, l'avait liée pour toujours à Paul Lermy, ce garçon aux yeux francs, à l'allure courageuse, si différent de ceux qui gravitaient autour d'elle, convoitant son immense fortune. Lermy de son côté l'adorait d'un amour fait de pitié et de sympathie. Timides tous deux, ils n'osaient s'avouer cette entente des cœurs et des corps qui fait tressaillir les doigts dans les doigts et les regards dans les regards, et ils confiaient leur secret au rire, joyeux et discret interprète, additionnant, supputant, soulignant les ridicules de cette société factice et méprisante.

« Voyez-les en assemblée nos *Kamtchaïka* mâles et femelles, murmurait Lermy à l'oreille de Claire. Sont-ils assez comiques, assez sûrs d'eux-mêmes ! » Les *Kamtchatka*, tel était le surnom que Paul avait infligé à ces outranciers de la mode et des préjugés à rebours, à ces bourgeois exaspérés, habitants de régions brumeuses, excessives et stériles, qui, sur la foi de quelques farceurs, conviennent de certaines admirations, adoptent certains *génies*, certains mobiliers, certaines croyances, un certain ton, certains clichés dénigreurs ou laudatifs, et sabrent impitoyable-

ment tout ce qui n'est pas en vue de leur bur-
lesque presqu'île, tout ce qui sort de leurs théories artistiques mensongères et empruntées. Le
mot avait fait fortune, et désespérait ses victimes. « *Kamtchatka* certes, continuait Paul, cette
brave Mme Toupin des Mares, femme de Desmares,
commerçant en suif, qui baptise ses enfants
Siegmund et Morgane, se compromet sans plai-.
sir avec Gréveuille et prône l'anarchie dans un
salon Louis XVI! *Kamtchatka* son mari, qui em-
brouille les leçons du bon ami Gréveuille, confond
Verlaine et Baudelaire, Delacroix, Manet et Monet, l'anneau de Polycrate et celui des *Niebe-
lung*, et s'écrie à propos de Tismet de l'Ancre :
*C'est un de ces imbéciles qui prennent le Pirée pour
un port de mer.* *Kamtchatka* Mme Rose Coindart,
qui se morphinise sans goût, mâche de la craie
sans utilité et se fatigue à jouer la comédie du
vice avec un tempérament pot-au-feu! *Kamtchatka* ce Jacques Sivreuse, fils d'un brave et
raisonnable rentier, qui se complique jusqu'à la
crampe, ruine son papa avec le *Curare*, et, à force
de jouer les *Liaisons dangereuses*, finira bien par
trouver une mauvaise aventure! Ah! oui, tous de
pauvres *Kamtchatka*, qui se courbaturent dans

des exercices pour lesquels ils ne sont point nés et savoureraient avec de telles ivresses leur paisible état naturel! Oh! si Mme Toupin des Mares broutait, flanquée de Siegmund et de Morgane! Oh! si Mme Coindart tenait une boutique de mercerie, avec Givreuse comme garçon de magasin! Quel plaisir le soir, quand ils se couchent, de déposer leurs artifices, les accessoires, la morphine et le reste, de songer au chocolat du lendemain! »

Claire riait, montrant ses dents blanches. Elle pensait de même sur de graves sujets. Élevée parmi les *Kamtchatka*, elle connaissait leur répertoire par avance. Elle savait ce qui convient et ce qui ne convient pas, les épithètes nécessaires, les respects obligés, les extases dues.

On entendit la voix criarde de Mme Toupin des Mares : « Mesdames, messieurs, une grave nouvelle! Gréveuille assure que la pièce d'Edgard de Fries que l'on va jouer à l'*Ame ardente*, les *Beaux jours d'une essence*, est supérieure à de l'Ibsen, plus forte que du Strindberg. Quelqu'un a-t-il une opinion *précessive* à ce sujet? » L'excellente personne fabriquait des mots à la douzaine, comme son mari des chandelles, mais le modelage en était généralement malheureux.

Dans le groupe des éphèbes il y eut une petite
rumeur. On attendait la réponse de Sivreuse.
Elle arriva, directe et cinglée : « M. Edgard de
Fries est un gentilhomme parmi les hommes de
lettres, un homme de lettres parmi les gentils-
hommes. C'est tout ce qu'on peut dire de sa
pièce. »

— Les *Beaux jours d'une essence*, répétait rêveu-
sement Paul Lermy, ça doit être l'histoire d'une
lampe à pétrole.

Un somptueux domestique annonça : « Monsieur Félix Turniquel! » L'on vit entrer un jeune
homme barbu d'une vaste barbe blonde, moustachu, fleuri comme le printemps, ravi de lui-
même jusqu'à l'exaltation, habillé à la dernière
mode et comme par magie, car sa redingote,
bien que souple, ne bougeait pas. Il avait le nez
droit, la lèvre fine et rouge, deux yeux globuleux
de satisfaction, une main où scintillait une grosse
bague, fière d'être la camarade de l'autre main
qui portait le chapeau, luisant comme un bouclier et manœuvré avec une adresse d'Indien.
Félix Turniquel, fils de Célestin Turniquel le
ministre plénipotentiaire, petit-fils de Jean Turniquel, physiologiste et démocrate, arrière-petit-

fils de Louis Turniquel, maçon et démocrate,
Félix Turniquel, l'espoir crémeux de la diplomatie, le roi des prétentieux, ivre de son nom, de
sa lignée, de son intelligence, de la gloire de son
père, de son grand-père, de son aïeul, Félix Turniquel, le *Kamtchatka* des ambassades, bondit
plutôt qu'il ne marcha vers la maîtresse de la
maison et lui baisa cérémonieusement le bout
des doigts avec un regard circulaire qui signifiait :
« Moi, je sais vivre ! » Il fit de même pour
Mlle Morgane, s'inclina à droite, à gauche, en avant,
en arrière, rit sans qu'on sût pourquoi, s'assit, et
le paquet de ses breloques tinta comme une
clochette.

— Ah ! voilà Félix ! Mon cher Félix, comment
va votre père ? — Et, sans attendre la réponse,
Mme Toupin des Mares ajouta : — Vous allez nous
renseigner, vous, sur les *Beaux jours d'une
essence.*

Turniquel secoua son chapeau comme pour en
faire tomber des billets de loterie, prit un air subitement très grave : « J'ai mon fauteuil pour
l'*Ame ardente,* un balcon premier rang. A part
cela, je ne sais rien, rien, rien. J'ai dans la
tête en ce moment des affaires *d'une telle impor-*

tance! » Ces derniers mots furent soulignés d'un tressaillement mystérieux de la physionomie où les sourcils froncés devinrent aussi compacts que la barbe. La syllabe *tance* fut glapie tellement, que Gréveuille et Sorpion sursautèrent. Heureux de son effet, Turniquel se remit à rire, et les éphèbes l'imitèrent, indécis entre l'ironie et l'admiration, attendant un signal, une indication de Sivreuse, qui considérait avec envie la force cohésive d'un nom et d'une place dans la *carrière*.

Claire Houdraye savait que ce fantoche, conseillé par son père et un sinistre avocat, maître Blétin, ami des deux familles, avait l'intention de la demander en mariage. Le bonhomme Houdraye lui avait écrit à ce sujet, car il traitait tout par correspondance. Elle en éprouvait de l'indignation, car il ne s'agissait dans l'espèce, comme on dit au Palais, que de regarnir la bourse des Turniquel, bien appauvris de longue date, que de doubler de billets de banque ce gesticulant mannequin. Maître Blétin avait été jusqu'à insinuer qu'elle serait un jour peut-être présidente de la République. Voilà qui lui était égal, et elle éprouva une tendresse double pour son brave camarade Paul Lermy, si discret et de visage si noble, qui en ce moment haussait les épaules suivant un rythme moqueur.

Quand Turniquel eut fini de rire il ajouta : « Je désirerais vivement connaître l'actrice principale et, oserais-je m'exprimer ainsi, mondaine de M. de Fries, la princesse de Fourvandières. Elle est ravissante, ravissante! (Ici, crise nouvelle de joie! sursaut du chapeau, des breloques, de la barbe.) Je l'ai rencontrée un soir chez la comtesse de Scudermo. Ah! ah! Pfétement, pfétement. J'plaisantais! j'plaisantais! Ah!

« Suzu! » s'écria irrespectueusement, dédaigneusement, pompeusement, le psychologue Sivreuse. Il ajusta son monocle, se leva, marcha vers Turniquel, rompant la symétrie des groupes. « Vous désirez faire la connaissance de Suzu, monsieur Turniquel? Rien de plus aisé. Rendez-vous demain deux heures chez Durand. Nous irons d'abord chez son confesseur, l'abbé Serbe, qui vous intéressera et nous introduira près d'elle. Car Suzu est quelquefois bizarre. » Dans l'imagination de Sivreuse s'ébauchait déjà un plan démoniaque : livrer ce niais de secrétaire d'ambassade à la dévorante Suzu et considérer la bombance de loin, puis faire là-dessus dans le *Curare*

une petite étude très fouillée, très analytique,
très objective.

« Il n'y a que la comtesse de Scudermo pour invi-
ter Mme de Fourvandières ! » Et Rose Coindart, sévère sur les mœurs comme la plupart des déver-
gondées, quitta le salon de sa parfaite amie après
un frétillement de petits bonjours, et suivie de Tismet de l'Ancre, qui glissa dans l'oreille de Siegmund : « Je vais l'empêcher de faire une piqûre ! »
— « Comment cela? » repartit le malicieux wag-
nérien.

Cependant Turniquel remerciait Sivreuse pour
son obligeance en pivotant tout autour de lui,
avec des *pfètement, j'plaisantais... ais*, de premier choix; et Arthur Véronisse, livré à lui-
même par le départ de Rose Coindart et de Tismet de l'Ancre, s'étudiait à prendre une pose re-
marquable, l'attitude du philosophe qui médite
sur les ruines d'un monde. Il passa d'abord sa
jambe droite sous la gauche et mit son menton
osseux dans sa main, le coude au dossier de la
chaise. Ceci ne lui parut pas assez impressionnant. Il déplia son système, et glissa la jambe
gauche sous la droite au contraire, ajouta la seconde main au support du menton. Il réfléchit

2

que c'était là le genre *écolier studieux* et qu'il n'y manquait qu'un dictionnaire. Alors il surgit, et la tête en arrière, les cheveux au vent du salon, s'accota carrément à la chaise : par malheur celle-ci, fatiguée sans doute par les ébats d'un philosophe, craqua sournoisement, glissa et se rompit en douze morceaux dans un vacarme affreux, une dislocation frénétique. Arthur Véronisse, au moment de la catastrophe, se demandait si Marc-Aurèle avait une prestance aussi symbolique. La question resta sans réponse, car il suivit la chaise et s'étala sur le parquet avec un bruit sourd, tel que si l'on fendait du bois...

Tomber n'est rien, se relever est tout. Véronisse étendu songeait aux hypothèses les plus contradictoires :... Simuler la mort? Impossible... Une grave blessure? Il faut du sang. Les gens ne croient plus aux lésions internes. Il se sentit saisi par les pieds et les mains, et se retrouva debout au milieu des assistants empressés et goguenards, tarabusté par Robert Sorpion, le pamphlétaire, qui faisait des effets de biceps et si piteux de son accident qu'il avait envie de pleurer. D'ailleurs son coude le brûlait. Il chercha un mot sublime et bien de circonstance, ne trouva que

ceci : « Le monde est un champ de carnage! »
qu'il proféra d'une voix pâle; axiome triste, incompréhensible et qui fut peu goûté.

Chez les *Kamtchatka*, l'arnica n'a point cours,
et la pitié paraît vieux jeu, quand elle n'est pas
excessive, telle que d'un père pour son fils qu'il
vient d'assassiner ou d'un ignoble bourgeois pour
l'admirable homme du peuple qui lui a défoncé
les côtes à coups de vilebrequin. Par définition de
Mme Toupin des Mares, *l'intellectualitisme dompte
tout*. Aussi le désordre cessa vite, et la conversation reprit des ailes.

L'anarchiste amené par Sivreuse montra presque seul du naturel : « Êtes-vous blessé, compagnon? » demanda-t-il à Véronisse. A quoi le philosophe irrité répondit hargneusement, mais avec
un sens très vif de la réalité : « Qu'est-ce que ça
peut vous faire, puisque c'est égal à tout le
monde? »

Claire et Paul étaient en proie au fou rire, mal
douloureux et peu considéré des sociétés choisies.
Claire se mordait les lèvres, Paul se pinçait les
doigts; mais ces mortifications ne faisaient qu'ag-
graver leur hilarant délire. Cela montait en eux
comme une irrésistible furie contenue, et qui, ar

rivée au point de rupture, éclatait en mille bombes, étincelles et panaches, par le nez, les yeux et la bouche. Leurs regards larmoyants, qui se cherchaient, puis se fuyaient, puis se retrouvaient avec délices, brillaient de pierreries mêlées de la malice et de l'amour, feux doubles, feux de joie et de jeunesse. Arthur Véronisse, rageusement calé dans un solide fauteuil, sentait dans son dos cette immense et bruissante gaîté, et il feignait de prendre aux nouvelles anfractuosités de la causerie des Kamtchatka un extraordinaire intérêt. Mais la courbe de sa nuque et de ses longues omoplates, l'inclinaison de son échine, trahissaient sa mauvaise humeur, activaient la félicité des amoureux.

On parlait maintenant des toilettes et des mœurs de la princesse Suzu, de son passé très trouble, car elle avait eu, en cinq ans, trois maris, l'un Russe, l'autre Portugais, l'autre Suédois, qui avaient disparu dans des circonstances mystérieuses. Quant à ses robes, Lepuel, l'irrésistible Lepuel, Alain Lepuel lui-même, le couturier socialiste et préraphaélite, les lui drapait sur son corps svelte, laissant des échancrures suffisantes pour tous les regards, tous les désirs. Ces détails, que distillait Sivreuse, approuvé par les hochements de tête et de cravate des éphèbes rédacteurs au *Curare*, étaient interrompus de temps à autre par les éclats de gaîté de Turniquel, le rire aigre de la grosse Mme Toupin, le sifflement de Morgane.

« Somme toute, c'est une grue, et Edgard de Fries est une autre grue! » vociféra Robert Sorpion qui jouait volontiers les intraitables et greffait sur l'arbre *Kamtckàtka* un rameau de violence emphatique. Transports faciles d'ailleurs, car il refusait tout duel, et, après un article diffamatoire, se terrait un mois à la campagne. Il continua, s'adressant à Gréveuille, dont il connaissait la bassesse : « Quand je pense que c'est vous, l'aigle des gobeurs, qui nous avez lancé dans les fétides marais littéraires ces croupissants morceaux de chair féminine, j'ai des accès de rage à éventrer douze bœufs. » Gréveuille s'inclina en souriant, car il savait q. , hors du salon, un peu de monnaie calmerait cette furie trucidante. Or, quand Robert Sorpion déroulait ses invectives, il les arrosait d'une bave réelle dont Turniquel, très désireux cependant d'approuver un fort entre les forts, subit vite l'atroce aspersion. Sa

2.

diplomatie consista désormais à effacer l'odieux
vestige sous l'œil courroucé du lanceur. Trois
fois il dirigea sa main vers son mouchoir, et trois
fois il l'en écarta, surpris dans son geste par un
bref regard de Sorpion. A peine s'il put s'éloi-
gner, comme Noé devant le déluge, et simuler
une extase subite en face d'un paysage pendu à
la muraille et signé Trouguin.

Ce Trouguin était intitulé *Effet de verdure et de
pluie*. C'était un des manifestes de l'auteur, un des
chefs-d'œuvre qui l'avaient révélé au monde des
compréhensifs. Il y avait, au centre de la toile, une
sorte de boule verte d'où partaient des tentacules
jaunes, et, sur les côtés, comme une violente pro-
jection d'épinards et de chicorée. L'apparition de
cette merveille avait soulevé d'enthousiasme les
Kamtchatka : aussi M. Toupin des Mares n'avait
pas hésité à l'acquérir, et c'était par elle qu'il faisait
commencer aux visiteurs l'inspection de sa *galerie*.

— Comment, Félix, vous ne connaissiez pas *mon*
Trouguin! dit Mme Toupin des Mares, stupé-
faite. Mais vous êtes le seul à Paris. Pas si près,
pas si près! Écartez-vous un peu. C'est seulement
de loin qu'on a l'impression totale de ces admirables *fragrations*.

Une petite voix orgueilleuse et timide, venue du clan des éphèbes, déclara : « Je préfère son *Narcisse*. C'est plus *dans l'air*. »

Cette contradiction ne fut pas relevée. La petite voix insista : « D'ailleurs dans le *Narcisse* il y a une vigueur de *pâte* inatteignable. » Et le jeune manifestant, au visage étroit comme un couteau, coiffé, vêtu comme Jacques Sivreuse, s'approcha lui aussi de l'*Effet de verdure et de pluie*.

Turniquel se réservait. Il lissait et polissait sa barbe blonde, fixant le Trouguin comme il fixait le diplomate adverse, le diplomate étranger, d'un œil où la subtilité de M. de Bismarck luttait avec la politesse de M. de Talleyrand et la *combinazione* de Cavour. Il fit un geste circulaire de sa main baguée, indiquant par là que l'œuvre ne manquait pas de rondeur ; il recula jusqu'aux fauteuils de Gréveuille et de Sorpion, plaça ses doigts en toiture au-dessus des sourcils, ainsi qu'il l'avait vu faire dans les ateliers. Le silence était général, impressionnant. Enfin, éperdu, affolé comme devant son ministre après une de ses mémorables gaffes, Turniquel se réfugia dans son rire habituel, douloureux cette fois et contracté, entrecoupé de : « C'tétonnant, tonnant,

incroyable, pfétement, incroyable ! » proférés avec
une ardeur insolite et une agitation extrême des
breloques.

Arthur Véronisse, dont l'infatuation avait des
lueurs soudaines et qui s'attaquait volontiers aux
faibles, profita de cet embarras : « Jeune homme,
regardez à droite maintenant le Cardon. » En
toute autre occasion, le descendant des Turniquel
eût vertement relevé cette appellation de *jeune
homme* qui souillait le secrétaire d'ambassade.
Mais à cette minute Félix sentait la situation
précaire et le terrain trop vacillant. Il regarda
donc à droite le Cardon, et distingua une arche de
pont blanche dans du bitume ; au-dessus, un œil
carré ; au-dessous, une moitié de tête de mort,
coupée comme une tranche de fromage et posée
sur le travers. Il n'y avait pas à hésiter, c'était un
Cardon authentique, et cette fois Turniquel se
hâta d'opiner, hocha largement la tête et la barbe,
et poussa même la désinvolture artistique jusqu'à
plonger les mains dans les poches de son pantalon : « Pfétement, tonnant ! incroyable ! »

— Je suis sûr que M. Turniquel est de mon
avis et qu'il trouve cela obscur ? cria ironiquement Paul Lermy.

— Obscur un Cardon! Notre Cardon obscur! »
un petit éphèbe roux bondit sous l'outrage ; il
avait le timbre nasillard, un toupet carotte, des
taches de rousseur et des yeux d'albinos ; et,
pour fortifier ses arguments, il allongeait un
doigt que terminait un ongle jamais taillé : « Cardon est un artiste sublime, plus précis qu'Albert
Durer, parce que sa précision est symbolique et
qu'il projette l'âme au lieu de projeter des formes,
plus fougueux que Goya! — ici l'orateur enfiévré
se tourna vers M^mo Toupin des Mares, Sivreuse,
Siegmund et Morgane qui approuvèrent, — parce
que Goya n'était pas un mystique et qu'un Dieu
anime Cardon. J'ai eu l'honneur, monsieur, —
le doigt indiqua à la fois le Cardon et Paul Lermy
impassible, — le très grand honneur d'être admis
dans l'intimité du génie dont nous nous occu-
pons. Los à ce très haut, très immarcessible, très
désintéressé visionnaire! »

Jacques Sivreuse murmura du bout des lèvres :
« Tous les peintres ne peuvent pourtant pas
s'adonner à l'anecdote, à l'épluchure. » A quoi
Lermy répliqua allégrement :

— La *Ronde de Nuit* est une jolie petite épluchure!

— Je n'aime pas Rembrandt ! certifia Mme Toupin des Mares.

— Moi non plus : il est trop concret pour mes concepts philosophiques. — Arthur Véronisse orna cette formule d'un beau mouvement de sa tête donquichottesque.

Robert Sorpion commençait de vaticiner, debout et fouettant l'espace de sa main large ouverte, en hercule : « La peinture est un art infâme quand elle n'est pas à la gloire de Jésus ou de Marie, quand elle s'attache au purin de la nature, au fumier de l'homme, à la lie de la femme. Les expositions actuelles ne sont qu'un torrent de vomissures. Ce siècle est une pluie de crapauds, une grêle de truies et de leurs compagnons. Réfugions-nous dans les cloîtres ! » Le repoussant visage du pamphlétaire illustrait ces voficérations de grimaces appropriées qui remplissaient d'admiration Mme Toupin des Mares. Mais, au tournant d'une phrase, il interrompit brusquement sa période, fit un geste dédaigneux, comme pour dire : « Je suis bien bon de raconter ces sublimités à des niais », et sortit à grands pas du salon, sans saluer personne, selon son habitude singulière et vénérée.

— C'est un homme ! certifia Sivreuse avec componction.

— C'est même un galant homme, continua Paul Lermy avec un sérieux tel que personne ne put se fâcher. Il ajouta, après une courte réflexion : « Et puis il est bien agréable en société ! »

— J'adore son éloquence. — Mme Toupin des Mares s'adressait à Turniquel. — Le soir, j'écris ses tirades enflammées. A la lecture, c'est impétueux comme du Saint-Simon. Vous avez beau sourire, Gréveuille, je maintiens. Vous lui en voulez à ce pauvre garçon de quelques railleries inoffensives.

— Il m'a traité de *laquais de lettres*, de *vidangeur d'épithètes* et d'autres qualificatifs amènes... tout cela parce que je lui avais refusé cinq louis, déclara le romancier.

Turniquel savait par le protocole que, quand un personnage reconnu pour spirituel parle, on doit rire de ses moindres propos, et il rit ; mais, devant le regard inquiet de Gréveuille, qui croyait à de l'ironie, il se rattrapa par son éternel : « J'plaisantais, j'plaisantais ! » Et Lermy put dire à Claire : « Rien n'est gai comme un poltron qui a peur d'un poltron. »

Les éphèbes, Sivreuse et Véronisse continuaient à célébrer la gloire de Cardon. Ils citaient l'existence originale et savoureuse de cet artiste, qui vivait dans les carrières, couchait sous les ponts, d'où la plupart de ses perspectives, et mangeait des racines.

— C'est peut-être ce qui le fait participer aux grandes vérités terrestres.

— Il est notre Hokousaï.

— Le Piranèse du palais de la Sérénité. Nous organiserons une conférence sur lui au *Curare*, conclut Sivreuse.

Partant de là, ils se répandirent en invectives contre les rivaux heureux de Trouguin et de Cardon :

— Et quand ces piliers de l'Immense meurent de faim, sans articles ni commandes, on paie cinq mille francs, dix mille francs, le moindre jus de pipe de Bonnat !

— Comme il est difficile d'atteindre le vrai ! songeait Paul Lermy. Bonnat et sa séquelle sont de tristes fabricants et peignent à l'huile de lampe, et voilà que les Kamtchatka me forceraient presque à les défendre ! — Il fit part de ses réflexions à Claire Houdraye. Elle répliqua : « Exprimer son avis sincèrement, nettement, et ne jamais se soumettre à celui des autres, telle est la règle. »

Les *autres* continuaient : « Bonnat c'est le musée Grévin, pis encore! Toutes ces dames à l'atelier! Il y a un tourniquet.

— Et Bouguereau!

— Oh! celui-là, son nom suffit.

— Et Benjamin Constant!

— C'est le pseudonyme de Joseph Reinach quand il peint.

— Et Gérome!

— C'est un prince déchu. Il sculpte, et en couleur encore!

— Négligeons leurs guenilles, déplorables détritus qui vont naturellement au ruisseau! implora Sivreuse. Ils ne sont point dangereux pour Trouguin, ni pour Cardon, ni pour ce colossal Pusquet de Gril, le Valdès-Léal moderne, dont Mme Toupin des Mares n'a, par malheur, aucun spécimen dans sa galerie. Non, les vrais périls viennent de Monet, de Carrière, de Whistler...

— Madame Saint-Lippard!

— Monsieur Gaston Saint-Lippard!.

Le glapissement du domestique interrompit la discussion.

Les nouveaux arrivants étaient une grande
dame osseuse à cou de girafe, et son girafon, sorte
de gnome monstrueux, à lèvres épaisses, dans un
visage boursouflé, boutonneux, complètement
chauve, et dont les oreilles s'évasaient ainsi que
des coquilles de Saint-Jacques.

— Voulez-vous voir le futur mari de Morgane
Toupin des Mares? Le voici, glissa rapidement
Claire dans l'oreille de Lermy.

— Mâtin! répliqua le jeune homme. Il faut qu'il
soit riche!

— Très riche! Morgane est une fille avant tout
pratique. La fée qui présida à sa naissance avait
sans doute le nez crochu.

— Baron des Murènes!

— Madame Lévinché!

Le baron des Murènes, qui était vieux, petit, très
myope et très frétillant, bouscula d'abord l'étrange
Mme Lévinché, à tête de sphinx, lèvres écarlates
et teint de céruse, puis se faufila entre les pre-
mières exclamations et politesses de Mme Saint-
Lippard, écrasa quelques pieds d'éphèbe, con-
tourna Gréveuille et courut droit à Claire Houdraye,
qu'il prenait pour la maîtresse de maison et dont
l'éclat de rire enfin le réveilla :

— Par ici, baron, par ici!

Des Murènes jouait les anciens marquis, à
poudre, à tabatière, à pralines ; il lançait, avec un
sourire suraigu, des mots insignifiants ; réflexions,
sentences et maximes morales inférieures certes
à celles du duc de La Rochefoucauld, mais qu'il
mâchonnait et roulait entre ses lèvres minces,
accompagnait d'un chevrotement de bon ton.

— L'œil ne suit pas toujours le cœur, déclara-
t-il en obliquant vers Mme Toupin des Mares. Il
se précipita sur le chapeau de Turniquel, que le
malheureux secrétaire d'ambassade ne put préserver et qui se hérissa aussitôt.

— Madame Grivaudan!

C'était une courte jeune femme à profil de polichinelle, d'une vivacité, d'un bavardage frénétiques, toujours en mouvement, toujours sous
vapeur, parlant avec volubilité et en parfaite
ignorance de cause du dernier livre, de la dernière
pièce, de la dernière robe, du dernier chapeau,
du dernier crime passionnel, du dernier discours
à la Chambre, embrouillant les noms, les termes,
les dates, les anecdotes, mariée on ne savait comment, divorcée on ne savait pourquoi, parcourant la vie en bonne toquée, butant contre toutes

les gaffes, conventions, préjugés, médisances ;
mais les *bleus* ne marquaient point sur ce petit
corps nerveux et alerte.

Cet essaim de nouveaux venus faisait du salon
de Mme Toupin des Mares une ruche où bourdonnaient toutes les formes de *Kamtchatka*. Claire dit
à Lermy : « Nous jouons l'*a parte* depuis trop
longtemps : il faut que je me mêle au public. —
Puis devant ses yeux tristes : — Attendez-moi,
nous partirons ensemble. »

Elle s'avança, telle qu'une déesse, souple et
fine dans sa simple robe noire, vers le quatuor
Morgane, Siegmund, Sivreuse et Gréveuille. Turniquel, qui la guettait depuis quelques minutes, se
dressa devant elle, toute son infatuation à fleur
de visage, les bras croisés, l'un portant le chapeau : « Eh bien ! mademoiselle, y a-t-il longtemps
que vous n'avez vu maître Blétin ? »

Il songeait : « Merveilleuse question ! Je la
fixe, je l'embarrasse, et je la juge. »

Claire répliqua avec cet air de candeur qui la
rendait si déconcertante : « Il y a longtemps, monsieur, et je m'en flatte, car je méprise maître
Blétin. »

Le secrétaire eut un haut-le-corps. Singulier

langage pour une jeune fille ! « Vous êtes sévère, mademoiselle. » — Il prit son expression de physionomie des grandes heures, des congrès et des signatures : « Maître Blétin est un homme de hautes, de très hautes capacités. Mon père en fait le plus grand cas, et mon père ne s'est jamais trompé. Je vous citerai à ce sujet une anecdote bien caractéristique, oui vraiment tout à fait caractéristique. » — Les mouvements de la barbe, les tintements des breloques accentuaient le caractère de cette prodigieuse anecdote. — « Quand mon père, — intonation spéciale indiquant qu'il s'agissait d'un personnage de suprême importance, — quand mon père, dis-je, vit pour la première fois le prince de Bismarck, alors ignoré, minuscule, perdu dans la foule des représentants de la Confédération germanique, il assura à son père, à mon grand-père le physiologiste, le fameux physiologiste... » — petits hennissements pour insinuer qu'on traite à la légère une gloire indiscutable, — « le physiologiste Jean Turniquel, il lui avoua que le prince de Bismarck ..isait absolument l'impression d'un âne. Ah ! ah ! j'plaisantais, pfètement ! »

Claire elle aussi se mit à rire, à l'idée qu'elle

pourrait être la compagne d'un pareil nigaud, et lui, satisfait du résultat, supputait les chances de la victoire.

Cependant le thé et les petits-fours circulaient. Il était de tradition qu'on n'abrégeât pas les visites chez Mme Toupin des Mares. Dans ce milieu de beaux esprits, les longues stations étaient très bien portées, et grâce au silence rythmé par le bruit des tasses et des petites cuillers, les gens songeaient à ce qu'ils allaient dire, à ce qu'ils répondraient, à des trouvailles charmantes, à des drôleries immortelles.

— Baron, baron, étiez-vous hier chez Edgard de Fries ? — Mme Saint-Lippard, assise entre son fils, dont un hideux rictus plissait la trogne enflammée, et Morgane, interrogeait ainsi brusquement des Murènes.

— Je devine, madame, que vous allez me questionner sur la musique des *Beaux jours d'une essence* que l'on répète en effet chez mon jeune ami. Eh bien ! madame, je me récuse. Prêt à toutes les nouveautés littéraires, je ne comprends pas encore le génie de M. Johannès Hallyre, le compositeur à la mode, je crois...

— Certes à la mode et à bon droit, s'écria fièrement Siegmund Toupin des Mares. Johannès Hallyre fut mon conseiller. S'il a moins de couleur que Wagner, il a plus de science. Il concorde mieux à nos sensibilités.

Les éphèbes vibraient et, se tournant vers les interlocuteurs, ils déposaient en silence au coin des tables et des consoles leurs tasses de thé, leurs petits-fours. Ils pressentaient la gravité du débat. Johannès Hallyre était le représentant non seulement de la musique savante, symbolique et suprême, mais encore de toute la jeune école littéraire, qui préférait choisir un musicien pour bannière. Johannès Hallyre était un dieu planant, la gloire universelle hebdomadairement célébrée par le *Curare*, bimensuellement par la *Vie Nouvelle*, mensuellement par l'*A coups de hache*. En cet instant décisif on approuvait fort Siegmund de bien poser les grands principes en face de cet affreux vieillard, car les éphèbes méprisaient foncièrement la vieillesse, qui « méconnaît toutes les beautés et proclame toutes les ignominies », suivant l'axiome célèbre de Jacques Sivreuse.

Celui-ci vint à la rescousse : « De quel droit, monsieur, niez-vous le génie de cet étrange novateur, le très vénéré Johannès Hallyre? Avez-vous

suivi son évolution depuis qu'il illustra les *Hymnes à la volonté* de sonorités infrangibles? Le prélude de *Parsifal*, les *Béatitudes* elles-mêmes sem-
blent ternes en présence de cette harmonie
multiple et une, si douce à l'âme que l'âme en
pleure, et qui brise nos nerfs fragiles. »

L'*affreux vieillard* restait anéanti. Le baron des
Murènes n'était point fait au nouveau répertoire. Il connaissait les pères nobles et les plai-
santins, les galants sous-entendus, les malices re-
haussées d'une grivoiserie voilée, les formules
que pimente une allusion heureuse; mais la rhé-
torique de Sivreuse déplaçait ses batteries. Il
crut s'en tirer par la défaite du Parthe :

— Je n'ai pas, moi, les nerfs si fragiles, monsieur. Comment aurais-je vécu, grands dieux?
— Mais personne n'eut envie de rire, et Turniquel, qui tressaillait déjà, s'interrompit net. Sivreuse reprit sévèrement: « Je sais ce qu'il vous
faut : du Gounod, ces eaux de toilette, ou du
Thomas, le bien nommé! »

Cette fois l'hilarité fut générale et licite. Siegmund daigna sourire, Arthur Véronisse prit la
pose bienveillante de Marc-Aurèle délesté pour
une seconde de son stoïcisme, l'anarchiste celle

de la bombe réussie ; l'éternel, l'exorbitant rictus de Gaston Saint-Lippard eut par hasard un sens réel ; les éphèbes plissèrent leurs bouches minces et ressaisirent leurs tasses de thé ; Gréveuille fut ironique ainsi que Paul Lermy, Turniquel bruissant et piaffant, Claire indifférente, Mme Lévinché mélancoliquement approbative ; Mme Grivaudan frétilla, Morgane gloussa, Mme Toupin des Mares hennit. Des Murènes vaincu fit le geste du malicieux qui concède et s'évade, mais le geste fut inaperçu.

. Ces transports se calmèrent peu à peu, par ondes successives et de plus en plus larges. On se remettait à peine quand un atroce bafouillage dérouta la convention mondaine, rappela les assistants au sens de la vie et de la terreur. C'était Gaston Saint-Lippard qui, déjouant la surveillance maternelle, prenait à l'improviste la parole, dodelinant de sa lourde tête ainsi qu'un métronome, le corps en avant, comme appliqué à une tâche pénible, les lèvres scorbutiques contenant avec peine la langue pâteuse et démesurée. Ses yeux faisaient le tour du salon, reflétant le gâtisme, la timidité et l'orgueil, et il frottait convulsivement l'une contre l'autre ses mains de colosse ganté :

— Une fois j'ai bien ri, j'ai autant ri. J'étais au ministère. Nous avions pris un chat. Et puis je lui ai attaché un encrier, tout plein d'encre. Et puis je l'ai fait sauver. Et il a couru partout. Et ça a tout rempli d'encre ! Ah ! ah !

— Nous n'avions pas de musique en France jusqu'à M. Johannès Hallyre, déclara nerveusement Mlle Morgane, prête déjà à ses devoirs d'épouse, mais décidée à rester Kamtchatka malgré les naïvetés de son Gaston.

— Heureuse fiancée ! marmottait Paul Lermy.

— Johannès Hallyre n'est pas Français, mademoiselle, il est Belge, rectifia le petit éphèbe roux.

Quant à Saint-Lippard, il prit son parti de la césure et rentra dans son muet rictus ainsi que Caliban dans sa grotte. Ses rentes, sa pâte pour les boutons et son histoire de chat, voilà à quoi rêvait l'infortuné qui se préparait à contracter alliance avec la société polie.

— Tous les hommes distingués sont Belges, soupira Mme Lévinché, qui faisait à Bruxelles des fugues sentimentales. Elle parlait comme exténuée, son corps maigre enfoui dans un fauteuil, ses yeux énigmatiques perdus dans le vague. Elle continua : « La France est une triste, une sinistre nation. Les Français sont grossiers. Voyez-les en voyage : ils crient, ils font un vacarme ! Je déteste le bruit. Je les exècre. Je rougis d'être Française ! »

— Bravo ! madame, s'écria Véronisse, qui flairait l'occasion d'une tirade. Plus de patrie !

— A bas la patrie ! glapit l'anarchiste, qui se crut en réunion publique.

Véronisse lui lança un mauvais regard et reprit : « Plus de frontières, plus de drapeau, plus d'armée ! la fraternité universelle ! » Il s'exaltait et faisait de grands gestes, au risque de crever le Cardon. « Que tous les peuples s'embrassent, se réunissent en un immense banquet ! Au dessert, si l'on m'y autorise, je me lèverai, et je dirai... » — Ici une pause. L'orateur s'épongea le front, que les idées brûlaient. Parler au dessert, c'était l'ambition de Véronisse, ambition malheureuse, car on l'y autorisait rarement.

— Ne nous rasez pas, Véronisse ! lui lança joyeusement Mme Toupin des Mares.

L'osseux personnage, sans se troubler, passa ses doigts pâles dans ses cheveux blonds. Je dirai : « Races assemblées, mêlez-vous ! Les luttes ont pris fin. Après l'âge d'acier, c'est l'âge d'amour !

Mettons en commun nos arts, nos sciences et nos doctrines... »

Chacun sentit très vive la nécessité de ne plus écouter ; on abandonna le stoïcien à sa tirade, et il la continua pour le plafond, prenant à témoin les moulures, le crochet du lustre, quelques mouches.

Lancée sur la patrie, la conversation ne s'arrêta plus : « Moi qui aime tous les hommes, je hais les militaires », avoua Mme Grivaudan avec une moue d'enfant gâté.

— Ils sont utiles néanmoins, ils sont utiles, fit observer Turniquel, qui se rappela ses fonctions officielles.

— Utiles à quoi, monsieur ? Au massacre ou au mépris ? demanda Sivrouse avec une impertinence seigneuriale.

— Ah ! ah ! pfètement ! — Le secrétaire d'ambassade jugea prudent de battre en retraite.

— De mon temps, chevrota des Murènes, nous endossions hardiment l'uniforme, et nous chargions, nous poussions sus et sus, jusqu'à la victoire. — Il toussa et prit une pastille pour compléter l'anachronisme. Les éphèbes murmuraient : « Quel est donc ce grotesque ? » Et il parut si nul qu'on le laissa en repos.

Mme Grivaudan suppliait Siegmund de donner un échantillón des splendeurs de Johannès Hallyre.

— Si! si! je suis convaincue que c'est sublime. Vous êtes un tel artiste! Pour moi, pour moi seule, voyons...

Siegmund refusait, mais faiblement. Gréveuille aussi insista, puis Mme Saint-Lippard, enfin Sivreuse qui enleva la place.

Le jeune homme dressa en rechignant son long corps que tordait la gastralgie et fendit la foule des éphèbes jusqu'au piano, lequel était à queue, surchargé de poteries bizarres, grès, flambés, cires, verreries mystérieuses, et de statuettes chères aux Kamtchatka. L'une de celles-ci, fantaisie symbolique, représentait une déesse à corps de serpent, contournée trois ou quatre fois sur elle-même et qui tenait un miroir. Cela s'intitulait : *Ténèbres*, et portait la dédicace : *A Toupin des Mares, en communion;* car le maître de maison protégeait tout particulièrement la sculpture. dans les loisirs que lui laissait le suif.

Donc Siegmund s'assit devant le piano, l'ouvrit, et aussitôt son visage régulier et dur exprima un profond dédain pour les auditeurs, joint à l'ado-

ration du chef-d'œuvre qu'il allait interpréter devant des indigènes. Ceux-ci observaient un religieux
silence. Jacques Sivreuse, les bas croisés, s'était
mis en avant des éphèbes, lesquels, les yeux dilatés
et les mains jointes, attendaient la révélation
Mmes Grivaudan, Lévinché, Toupin des Mares et
Saint-Lippard avaient pris la pose attentive qui
convenait à leur graisse, à leur maigreur, à leur
sensualité, à leur ennui. Morgane lançait un regard de haine et de dégoût à Gaston Saint-Lippard ;
Claire Houdraye évitait Paul Lermy, de crainte du
fou rire ; Turniquel et Véronisse paradaient du
côté des dames avec des effets de hanches, de torse,
de nuque et de mollets. Quant à Gréveuille, sa figure
trahissait un détachement complet de ces habi-
tuelles manigances, et le regard vague, tapotant les
bras de son fauteuil, il songeait que la petite Mme Grivaudan, si fébrile, si passionnée, serait certes une
maîtresse préférable à cette encombrante Louise
Toupin, liaison déjà ancienne et fastidieuse.

Siegmund préludait, négligemment, du bout
des doigts, la tête en arrière, les yeux mi-clos ;
et dans toutes ces oreilles tendues descendaient
des notes bizarres, sans liaison, ni raison, ni
suite, un chapelet de ces gouttelettes discor-

dantes que les Kamtchatka qualifient d'hally-
riennes, en l'honneur du *Maître* qui les inventa,
et qu'ils préfèrent à Wagner, à Schumann, à César
Franck, aux premiers génies musicaux. Puis, le
robinet s'ouvrant davantage, ce fut un filet criard,
aigre et malsain qui se glissait entre les tons
comme une couleuvre. Les visages des dames et
des éphèbes se teignirent d'une béatitude fausse,
dont Paul Lermy détaillait avidement le comique.
Enfin commença le déluge, et du haut en bas du
clavier, à la manière des *polonaises* de Chopin,
mais sans rythme, sans grandeur et sans force,
déboula l'incompréhensible et morne fantaisie de
Johannès Hallyre, gâchis de sonorités, torrent de
réminiscences. Siegmund vibrait de tout son
squelette parfumé. A force de simuler la foi,
il finissait par l'éprouver. La sueur perlait sur
son front; il se mordait les lèvres; quelque rou-
geur montait à ses joues pâles, et ce fut comme
exténué qu'il arrêta la cataracte, ferma les écluses
et quitta le piano.

Les Kamtchatka excellent dans les manifesta-
tions d'enthousiasme. Mme Toupin des Mares était
pâmée, le ventre proéminent, toute sa langueur
offerte à Gréveuille dans un petit sourire vipérin.

Mme Saint-Lippard avait cassé son éventail, préve-
nant ainsi le projet de Mme Lévinché. Mme Grivaudan trépignait. Turniquel se précipita au-devant
de Siegmund, qui modestement retournait à sa
place : « Bravo, très cher ! bravo ! ah ! ah ! » Et il
expliquait à Véronisse que, secrétaire d'ambassade à Vienne, il avait eu la bonne fortune d'entendre Rubinstein, mais qu'aucune comparaison
n'était à établir : « Ceci est bien plus moelleux,
bien plus, comment dirai-je ? onctueux, quelque
chose de coulant, ah ! ah ! de coulant ! J'plaisante,
j'plaisantais ! » Sivreuse levait l'index : « Ah ! ceci
est tout à fait sérieux, tout à fait fort, de pre-
mier-or-dre. » Et il détachait les syllabes pour
mieux marquer l'importance de l'appréciation.
L'éphèbe roux prenait à témoin les rédacteurs
du *Curare* : « Hein ! qu'en pensez-vous ? Qu'est-ce
qui tient à côté de ce chef-d'œuvre ? Que peut-on
mettre en parallèle ? » Un autre, grisé, comme
titubant, murmurait : « Elle renferme tout, cette
musique : l'infinie mélancolie des choses et la
douceur dorée de se perdre, de fuir, de mourir,
d'échapper au siècle. » — « C'est mystique surtout ! N'est-ce pas que c'est mystique ? » criait
une voix ardente de néophyte.

A ce moment, l'extase non disparue, on entendit ces paroles mugies : « Bon appétit, messieurs !
Oh ! ministres intègres ! » Et un corps robuste et
carré, surmonté d'une tête absolument ronde,
occupa la baie du salon. Ce corps était habillé
simplement d'une redingote noire ample et formidable, et porté par deux pieds chaussés de
lourds souliers semblables à des cercueils d'enfants. Cette tête était formée d'un menton rond
et luisant, d'où partaient les joues rondes et
luisantes semées de rares favoris grisâtres. Les
yeux étaient énormes, stupides et jovials, et le
nez épaté s'ouvrait au dehors par deux narines
cochères qui descendaient presque jusqu'à la
bouche largement fendue. Quant au front, il était
minuscule, semblable à un talon, et surmonté de
cheveux indécis partagés par une raie dont la pré-
tention contrastait avec la rusticité du personnage.
C'était Toupin des Mares, le maître du logis, Marcel Toupin lui-même, fabricant de suif, mari de
Louise, père de Siegmund et de Morgane, cocufié
par Gréveuille et l'admettant, Mécène des Kamtchatka et Kamtchatka lui-même, tonitruant, voci-
férant, hurlant son avis sur les étoffes, les poteries, les livres et les tableaux, grand tapeur sur

4.

le ventre, grand tutoyeur et grand gaffeur, dont
le rire épais, les plaisanteries stupides et les
atroces maladresses désolaient ces jeudis raffinés.

Dès son entrée, sa femme, Siegmund et Morgane
tressaillirent, car il s'entêtait à venir aux heures
des visites, et, sur la moindre observation, dé-
ployait des colères terribles : « Bonjour, Sivreuse; bonjour, mon petit. Salut, Turniquel.
Comment va le papa? Madame! Madame! » Il
s'inclina avec une cérémonie feinte devant
Mmes Lévinché et Grivaudan qu'il détestait, déclarait minaudières et pimbêches. Il salua jusqu'à
terre Mme Saint-Lippard; sa fortune lui semblait
respectable, et il savait les projets matrimoniaux.
Il prit Gaston par les épaules, le secoua violemment : « Eh bien! mon garçon? Ça va, mon
garçon? » Et se tournant vers Morgane : « Il est
gai, n'est-ce pas? il rit toujours. J'aime ça, moi,
je déteste les pleurards. Qu'en pensez-vous, messieurs? » Et, pour mettre de l'entrain, il interpel-
lait les éphèbes et Véronisse. Personne ne lui
donnant la réplique, il s'en prit à Gréveuille : « Ça
va? l'homme d'imagination! Vous avez l'air d'un
croquemort, ma parole! Louise, bourre-le donc
de chocolat et de petits-fours. C'est une bonne

chose pour un auteur dramatique. Hi, hi, hi, hi! »
Le romancier murmura : « Toujours fin! toujours
spirituel! » — « Hein, quoi! vous faites le farce à
présent! Vous plaisantez papa Toupin! Attention
là! Hue! cocotte! Papa Toupin n'ira plus vous
chercher du bon saint-estèphe que vous aimez
tant, hi, hi! vieux copain! » Et dans les côtes d'oiseau de Gréveuille il piqua son index robuste.

Une certaine gêne régnait. Mme Toupin avait une
grimace douloureuse et sa bouche mince tremblait d'impatience. Les éphèbes terrifiés restaient
figés dans des po»»ures ankylosantes. Le colosse
assez finement ressentit cette atmosphère d'angoisse : « Alorsse! j'interromps la petite fête? J'avais
entendu le piano. C'est toi qui jouais, Siegmund?
— Oui, père. — Tu as fini? — Oui, père. — Oui,
père! oui, père! retire donc tes doigts de ton nez.
— Oh! que c'est agaçant! » Ce dialogue perpétuel, et nécessité par la fâcheuse manie du
jeune musicien, désorganisait le milieu kamtchatka, lacérait les vêtements empruntés et les
préciosités de langage. Toupin des Mares apportait à combattre la passion de son fils un achar-
nement égal à celui de Siegmund quand il exploitait
ses mines nasales, et le timbre du reproche pa-

ternel, son intensité, variaient avec les circonstances : « Siegmund, ton nez? — Ah! que c'est
agaçant! — Ah çà, Siegmund, une fois pour
toutes, veux-tu laisser ton nez tranquille? — Ah!
mon Dieu, que c'est agaçant! » Et les spectateurs
de ce débat ne savaient quelle contenance tenir.

Mais cette fois, par hasard, Toupin ne s'entêta
point. Il prit pour cible Véronisse : « Là-bas, l'as-
perge en branches! le philosophe! vous avez lu le
dernier roman de l'ami Gréveuille ici présent?
Pas de phrases. Oui ou non, ça vous plaît-il? Moi
je n'ai pas pu dépasser la vingtième page. » Dans
ce roman, *le Cœur vide*, Gréveuille racontait ses
aventures avec Mme Toupin des Mares, un voyage
en Hollande et quantité d'alternatives sentimentales et larmoyantes. Véronisse, embarrassé, montra Gréveuille : « Comment m'exprimer devant
l'auteur, qui... — Mais je m'exprime bien, moi,
devant l'auteur! » Et Toupin des Mares insista avec
une malice singulière, ridiculisa les principaux
épisodes du livre. Il savait la liaison de sa femme,
fermait les yeux, se rattrapait avec les bonnes, et
se vengeait de Gréveuille par des allusions bles-
santes, des coups d'épingle ou de boutoir qui
effaraient le poltron psychologue.

Sivreuse et les éphèbes souriaient. Ils méprisaient profondément Gréveuille, car sa vente atteignait huit mille exemplaires, et chacun sait qu'une œuvre sérieuse ne peut être admise que par dix personnes. Selon l'évangile Kamtchatka, tout ce qu'admire la presse, tout ce que les *bourgeois* comprennent est infâme et mérite le pilon, la roue, les plus dégradants supplices. Le mot *bourgeois* a pris dans leurs bouches un sens plus étendu qu'à l'époque romantique : il s'applique à tout individu, mâle ou femelle, qui n'a point adopté en bloc leurs codes, leurs dogmes et leurs institutions. Une seule faute, le non-prosternement devant Hallyre, Sivreuse, Cardon ou Trouguin, par exemple, classe à jamais parmi les bourgeois, les haïssables, les excommuniés.

Cependant Gréveuille, fatigué, se pencha vers Mme Toupin des Mares et se leva pour prendre congé, non sans un long et tendre regard à Mme Grivaudan. Louise Toupin des Mares eut un geste de rage, vite réprimé par un de ces sourires qui, dans le monde, servent de linceul à toutes les passions. Son mari se récriait : « On s'en va déjà? C'est moi qui mets en fuite? » Et, tandis que la société s'écoulait, il prit par le bras Sivreuse et un éphèbe, les mena voir dans sa *galerie* sa nouvelle acquisition, un admirable *Migoniel*, représentant une panade de corps pantelants et de têtes coupées ; car ce peintre s'est absolument consacré aux massacres, incendies, catastrophes, comme d'autres s'adonnent aux chats, aux chiens, aux évêques, aux cabotins ou aux vestales, et il amoncelle sur ses toiles des pyramides d'horreurs sanglantes, des grouillements rouges, jaunes et verts. « Quelle puissance ! affirmait Toupin, revenu au style kamtchatka et qui prenait un petit air dogmatique. Quelle significative frénésie ! Révélez cet artiste dans le *Curare*, Sivreuse. C'est moi qui l'ai découvert ! C'est un sincère, bien symbolique, un transcendant. » Ces mots, qui du matin au soir tintaient dans sa maison, et qu'il répétait à tort et à travers, gagnaient, émis par le marchand de suif, une sorte de prestige funambulesque, et Lermy, qui les avait suivis à pas de loup, en savourait le charme précieux. Toupin l'aperçut : « Ça n'est pas pour vous, monsieur l'arriéré : vous n'y comprendriez rien. C'est trop d'art. »

Être d'art ! n'être pas d'art ! telle est la question... Et le jeune homme courut rejoindre Claire. Il la trouva dans le tohu-bohu du départ. Turniquel

l'accablait de galanteries : « On ne vous voit jamais, mademoiselle. Moi je sors peu également:
j'ai tant de travaux en train, des préoccupations
d'une telle gravité, d'une telle importance! » Et
bien que Claire ne lui demandât aucun détail, il
crut nécessaire d'insister, serra les poings, fronça
les sourcils, fit une série de gestes comme s'il
rémoulait, baissa mystérieusement la voix :
« J'ai obtenu une audience du Président de la
République; faveur rare, exceptionnelle. Je lui ai
parlé de mes projets que vous m'excuserez de
taire, mademoiselle. Je l'ai serré, emprisonné
dans un réseau d'arguments, dans des mailles si
étroites, si terribles, qu'il restait là devant moi,
anéanti, dompté, et que trois fois de suite l'huis-
sier lui annonça que le déjeuner était servi sans
qu'il bronchât, sans qu'il osât remuer le petit
doigt. Pfètement! Ah! ah! Pfètement! »

Sivreuse, qui s'en allait, s'inclina devant la
jeune fille et rappela le rendez-vous à Turniquel:
« Demain chez Durand, deux heures, — Entendu,
mon cher, entendu! » Le groupe des Kamtchatka
se disloquait. Gaston suivit sa mère en agitant sa
grosse tête vultueuse de cotillon. Arthur Véronisse avait espéré une invitation à dîner, et il ne

mit en mouvement ses longues pattes de faucheux que bien convaincu de l'exode général. Les éphèbes emboîtaient le pas à leur chef. On se donna rendez-vous à la répétition de la pièce d'Edgard de Fries, les *Beaux jours d'une essence.* . . . . .

. . . .

Claire Houdraye et Paul Lermy descendaient côte à côte l'avenue des Champs-Élysées, fendant la foule, qui comme un fleuve coulait depuis l'Arc de Triomphe, jouissant de leur discret amour, du joyeux crépuscule poudré d'or et de rose. D'innombrables voitures, victorias, fiacres, mail-coachs et chars à bancs ramenaient les badauds des courses dans Paris. Les jeunes gens causaient de leur après-midi, rappelaient les travers des Kamtchatka, l'infatuation de Véronisse et la brutalité du père Toupin; mais quelque pensée plus sérieuse nuançait les beaux regards de Claire et versait la force à son compagnon. De la multitude monte le désir. Ces pas qui portent vers le tombeau à travers les fragiles distractions humaines, ces voix que transmet l'air limpide et qu'agitent les brises innombrables des sentiments, ces attitudes et ces visages mêlés, cette hâte de la fin du jour et cette extase pâmée de la lumière, tels sont les pages luxueux de la mélancolie, introductrice elle-même de la passion, reine des cœurs et des destins, conquérante du monde intime :

— Voulez-vous me donner le bras, mademoiselle?

— Non : ce serait me compromettre. C'est déjà beaucoup de nous promener ainsi l'un près de l'autre. Vous travaillez en ce moment?

— Très mal. La solitude m'accable. Quelquefois vers cette heure-ci, je sors et je marche; je suis un rêve. Je me retrouve loin, plus triste qu'avant, l'âme desséchée.

— C'est comme moi! — Et la parole de Claire fut si musicale et si douce, que son ami eut un tressaillement. — J'ai des journées d'un noir profond, sans avenir, où je ne souhaite rien ni n'ai envie de rien.

— Épousez Turniquel. Il a du monde. Vous serez bientôt ambassadrice.

— Que vous êtes méchant! Non : je resterai garçon, et quand nous serons vieux et que la médisance aura les cheveux blancs, nous voyagerons ensemble, voulez-vous?

Paul eut l'envie soudaine de parler, de lever ces

lourdes, ces redoutables barrières de l'aveu. Il se
donna douze pas, qu'il franchit en silence, cherchant une phrase simple et vraie, digne d'elle,
digne de ce long amour. Mais il n'osa point, et
son énergie resta muette.

— Vous ne me répondez rien? Cela vous en-
nuierait de porter ma valise?

— Vous savez bien que je n'ai pas de plus
grand bonheur...

Elle devina l'élan, eut honte, l'interrompit,
toute pâle sous ses bandeaux noirs : « Oh! voyez
le beau bébé joufflu! Vous alliez l'écraser, monsieur le distrait. »

Paul, dépité de son manque d'audace, se cherchait une excuse qu'il exprima tout haut :

— Comme je n'ai plus ni père ni mère, j'ai perdu
l'habitude de me confier. Quand j'étais enfant, je
savais exprimer mes plus secrets désirs : aujour-
d'hui ils restent au fond de moi. C'est un trésor
qui brûle.

— C'est le martyre des isolés, et j'en souffre moi-
même, car mon père, hélas! n'est pas un père. Au
revoir, à bientôt! Venez me consoler dans ma
cellule du boulevard Malesherbes.

Ils se serrèrent la main nerveusement, et Paul

qui traversait les ponts, se retourna deux ou trois fois pour suivre la fine silhouette de Claire jusqu'à l'entrée de la rue Royale, où d'étincelantes lueurs électriques dansaient sur le bleu sombre du ciel.

II

Dans la salle à manger bien tapissée de l'avocat Blétin, Turniquel et son père achevaient de
déjeuner. Blétin pelait une poire, et il apportait à
ce travail une attention extrême, qui masquait
une autre attention tournée vers la réussite du
mariage de Félix avec Claire Houdraye. Il avait
une tête assez fine et malicieuse, qui tenait du
comédien et du rongeur, des cheveux blancs qui
frisottaient, des yeux rapides et fuyant l'homme
pour ne considérer que l'intérêt, un nez droit
comme un couteau, une bouche aux lèvres minces, distendue d'un côté par l'ironie. Car l'ironie
était le triomphe de Blétin, sa gloire au Palais, la
fierté de son entourage et la source de ses reve-

nus. On disait de lui qu'il avait la dent mauvaise
et cet axiome valait pour toute la mâchoire, bleue
et cariée; mais l'odeur en plaisait, mêlée de calomnie et de diffamation, inaltérable et tenace.
Il y avait trente ans que maître Blétin plaidait
tous les procès douteux, de filles, d'escrocs,
de journalistes tarés, d'hommes politiques, de
cabotins, trente ans qu'il les perdait régulière-
ment, tant sa mauvaise foi révoltait les juges,
trente ans que les badauds s'extasiaient sur sa
voix aigre et nasillarde aux crocs serrés, sur ses
perfidies nuancées de dédain, sur ses déplorables
calembours, sur cet argot particulier qui de la
barrière montait à la barre. Maintenant sa verve
commençait à s'user et quelques retentissantes
corrections dont n'avaient pu le préserver ni sa
toge ni sa toque, quelques louches aventures le
faisaient songer à la retraite. Il la désirait fruc-
tueuse : aussi s'attachait-il à l'union possible de
Claire et de Félix; le père Houdraye et Célestin
Turniquel étaient ses fidèles clients. Il comptait
sur la sottise du secrétaire d'ambassade pour
tirer maintes épingles d'un contrat que la vanité
du vieux photographe ferait certainement fas-
tueux.

5.

Célestin Turniquel, le ministre plénipotentiaire, souhaitait aussi ardemment ce mariage, comme capable de redorer le blason défraîchi de la vieille famille républicaine. C'était un petit personnage caduque et falot, au visage éveillé, au parler bref, au geste en saccades, célèbre pour sa hâblerie, ses récits imaginaires de voyages et d'aventures. Il empoisonnait les ambassades par des narrations longues et circonstanciées sur le Groënland, la Terre-de-Feu, l'Australie et l'île Formose. Il avait connu, fréquenté, tutoyé, sauvé dans des passes tragiques tous les personnages célèbres du siècle, depuis Gœthe jusqu'à Wagner, en passant par Proudhon, Michelet, Mme Sand et Théophile Gautier, et il les appelait par leurs prénoms : « Ce cher Wolfgang ! » ; « Mon bon Richard me disait… » ; « Je saisis George par les épaules » ; « J'étais chez Jules quand Théophile entra ». Or le fils avait pour ce père une admiration touchante, et il lui faisait des succès tonitruants à la fin de chaque anecdote, quand les auditeurs, épouvantés, ahuris, noyés dans le torrent oiseux des détails vides, éprouvaient l'envie irrésistible de fuir, de dormir ou de hurler.

Pendant tout le repas, Blétin et Célestin Turni-

quel avaient poussé Félix à demander la main de
Claire Houdraye. Le jeune homme était à la fois
attiré par la fortune et repoussé par la crainte
d'un refus qui l'eût atteint dans sa citadelle vaniteuse : « Certes, affirmait-il en scandant ses souvenirs de son couteau d'argent, hier, chez Mme Toupin des Mares, j'ai cru remarquer que je faisais,
sans me vanter, sur Mlle Houdraye une certaine
impression, une impression... comment exprime-
rai-je cela, maître Blétin?... ah! que je voudrais
avoir votre éloquence!... une impression très
vive... mais néanmoins de là à prétendre...

— A prétendre! à prétendre! interrompit l'avocat de son ton de fausset, sans respect pour la
barbe, les breloques ni la fonction. Laissez-moi
donc tranquille! Vous avez peur. J'ai vu le père Houdraye : il a déjà tambouriné sa fille; il continuera.
Vous, traquez le gibier, acharnez-vous. C'est votre
métier, que diable!

— Mais va donc! pousse ta pointe! s'écria le
père Turniquel. Un gaillard comme toi, avec ton
nom, ton physique, ta situation! Tu me rappelles
Edgar, oui Edgar Poe, la dernière fois que je
l'ai rencontré, le pauvre cher ami, dans une ruelle
de Boston. Il me parla d'une demoiselle Jameson

qu'il comptait épcuser; une Américaine naturellement, très riche, que je connaissais, qui était
même un peu ma parente étant descendante de
Franklin, ce brave Benjamin, dont j'ai, mon
cher Blétin, deux cents lettres confidentielles que
je vous montrerai...

— Certainement, certainement, continua la
voix parcheminée de l'avocat, qui suivait son projet. Je suis votre vieil ami, Félix...—Il tendit une
main cordiale entre les compotiers, sur la nappe.
— Promettez-moi de vous adresser vous-même,
direotement, à Mlle Houdraye : c'est une indépendante. Cette voie sera la meilleure. Trois millions!
songez-y, et gérés par moi !

Ce chiffre leva les derniers scrupules de Félix.
Il réfléchit quelques secondes, ainsi qu'il sied
dans les circonstances graves et avant les signatures de traités, puis il se leva, secoua les mies
de son pantalon, redressa la taille, hocha sa
barbe et dit, face à ses interlocuteurs : « Pfètement. Je suis vos conseils. J'irai, je parlerai. Aujourd'hui même. »

— Bravo! crièrent ensemble maître Blétin et
Célestin Turniquel.

. . . .

Dix minutes après cet entretien mémorable, Félix Turniquel, le cigare aux lèvres, arpentait les boulevards, se hâtant vers son rendez-vous avec Sivreuse. Le temps était chaud, le ciel limpide, le garçon enivré de lui-même, de son évidente fortune, d'un avenir de lauriers et d'or. Il se voyait président de la Chambre, du Conseil et de la République à la fois, recevant son ministre actuel d'un air protecteur, envié et admiré de tous, comme l'enviaient et l'admiraient sans doute ces passants empressés autour de lui. Entre deux bouffées, il mâchonnait des phrases de protocole : « Merci, mon cher chargé d'affaires, en Tunisie »; « Au revoir, monsieur le directeur trésorier-payeur général du Languedoc »; et il voyait très nettement dans l'air un écho du *Figaro*, en caractères spéciaux, en tête, ainsi conçu : « On nous annonce le prochain mariage du très sympathique et si distingué secrétaire d'ambassade Félix Turniquel avec Mlle Claire Houdraye », ou peut-être encore cette rubrique : *Un événement bien parisien.*

À la terrasse de Durand, Sivreuse achevait de siroter son café et dardait partout son monocle. Il était d'une élégance suprême, en gris clair, son délicat visage de blond tendu par une volonté ardente et supérieure à l'intelligence. Lui ne pensait qu'aux femmes et à la fiévreuse et perverse luxure de Valmont, le don Juan des *Liaisons dangereuses.*

Les deux infatuations du directeur du *Curare* et du secrétaire d'ambassade se serrèrent la main, puis se mirent en marche vers la demeure de l'abbé Serbe, qui était toute proche, au bout de la rue Tronchet.

— Je craignais d'être en retard, mon cher, — dit Félix Turniquel. — Pfètement. En retard, moi le diplomate ! Il s'agissait d'une affaire d'une telle importance ! — Il sourit, se frotta la barbe. — Un mariage de trois millions que me mijote maître Blétin.

— Peste ! répondit l'autre. — Il comprit de suite, par une jonction de souvenirs et de racontars, qu'il s'agissait de Claire Houdraye, et l'avantageuse conquête de la jeune fille se présenta à son esprit, s'y précisa instantanément. Comment n'y avait-il pas songé plus tôt ? On écarterait aisément Paul Lermy, qui n'avait rien d'un psychologue. En même temps il se félicita d'avoir annoncé par télégramme Turniquel comme une proie millionnaire à Suzu. La princesse de Fourvandières devenait le pivot indispensable de cette combinaison à la fois pernicieuse et féconde. Elle retiendrait et détournerait l'imbécile, qu'il allait certainement supplanter, lui, Sivreuse.

A ce moment, Félix enleva son chapeau d'un geste brusque, farouche, le porta perpendiculairement au-dessus de sa tête ; de là, par un demi-cercle adroit et plus mol, le dirigea jusqu'à son genou, puis le replaça sur son support naturel avec aisance. Ensuite, désignant une voiture déjà lointaine, il glissa dans l'oreille de son compagnon : « L'ambassadeur d'Allemagne ! » et son ton signifiait : « Un peu plus, j'oubliais le salut. C'était la guerre ! »

— Avant de monter chez l'abbé Serbe, un conseil, mon cher ami ! déclara nettement Sivreuse : ne vous étonnez, ne vous choquez de rien. Vous allez pénétrer un monde très original, très souverain, très dégagé des préjugés, et qui conviendra à votre sensibilité, j'en suis sûr. L'abbé est exquis. Quant à sa belle pécheresse, la princesse de Fourvandières, Suzu, elle est chaste, en dépit des apparences, et ne se livre point. Donc aucune tentative. Vous échoueriez. —

Le subtil psychologue calculait sur la fatuité de Félix. Celui-ci s'ébroua : « Pfètement, pfètement ! Compris ! »

Ils gravirent une série d'escaliers très *bourgeois*, mais aboutissant à un palier exceptionnel, car la porte à laquelle ils sonnèrent était drapée de satin blanc, et, par les soins d'une jolie et jeune servante aux yeux candides, ils entrèrent dans une antichambre de même nuance et de même étoffe, puis dans un salon semblable, aux murs nus, sur le satin duquel ressortaient seulement de grandes, de langoureuses plantes vertes aux feuilles luisantes. Une délicieuse table de style Louis XVI supportait le seul poids d'un numéro des *Débats* roses, négligemment jeté, et faisait la causerie muette avec quelques chaises et un canapé tout simples. L'abbé Serbe survint, de visage délicat, ressemblant à Sivreuse, de regard bleu, de verbe doux et rare. Sa soutane, de forme usuelle, était d'un grain particulier, et les boucles de ses souliers étaient travaillées d'or et d'argent. Il accueillit les compliments torrentueux de Turniquel avec un sourire dans lequel la réponse passait comme un fil de soie dans une aiguille. A la demande de Sivreuse, il montra son cabinet

de toilette, dont les accessoires étaient tous des
bibelots sublimes. En les énumérant, il ajoutait :
« La princesse de Fourvandières a le même ; » —
« La comtesse de Scudermo m'en a demandé un ; »
— « Edgard de Fries n'a pu trouver le modèle. » Ses
gestes étaient menus, ponctuels et méthodiques.
Ils s'adaptaient aisément à la porcelaine, aux verreries, aux moindres anses, et ses doigts comme
beurrés glissaient le long des riches matières, pa-
tinaient, indiquaient les courbes : « Mieux fais-je
encore avec les âmes ! » répliqua-t-il à une observation aimable de Sivreuse.

Celui-ci s'excusa, confia Turniquel à l'abbé. Il
voulait laisser le champ libre aux manœuvres de
l'experte Suzu. En partant, il engagea vivement
Félix à venir le voir bientôt aux bureaux du *Curare* de quatre à six : « Je vous présenterai quel-
ques-unes de nos personnalités artistiques les
plus marquantes, qui seront charmées de trouver
chez un diplomate une pareille diplomatie intellectuelle. »

Peu après, le secrétaire d'ambassade et l'abbé
montèrent dans un moelleux coupé : *ma voiture*,
disait le prêtre, et il expliqua longuement à Félix
ahuri l'excellence d'un nouveau système de roues

6

en caoutchouc plein, dont il comparait la résistance aux cœurs que la Grâce n'a pas encore touchés, par un singulier amalgame de théologie et de carrosserie.

Turniquel était généralement trop occupé de lui-même pour apporter une grande attention au monde extérieur. Celui-ci n'existait pour lui que sous forme d'intrigues officielles ou mondaines, de saluts à rendre et d'attitudes à conserver. Néanmoins, quand il se trouva avec son compagnon dans l'hôtel du quai de Billy et que le domestique fut allé prévenir la princesse, il remarqua avec étonnement les identiques draperies de satin blanc, les plantes vertes, le mobilier Louis XVI. L'abbé Serbe prévint sa question : « Nous avons adopté des ameublements analogues pour ne pas dérouter nos esprits. Que ce qui nous entoure soit tel qu'il s'efface et ne laisse flotter auprès de nos âmes qu'une émanation subtile, qu'un parfum! Le Dieu qui vit dans chaque individu se communique ainsi plus aisément; il ne rencontre nul obstacle. » — « Tonnant! tonnant! répondait Félix, interloqué. Le chargé d'affaires de France à Copenhague avait aussi du satin chez lui en abondance, comment dirai-je? en surabondance. Il

s'attira même à ce sujet une bien jolie repartie
de mon père, le ministre plénipotentiaire, Célestin Turniquel, le propre fils de Jean : « Monsieur
« le chargé d'affaires, vous tenez des propos obs-
« curs dans des étoffes claires! » Ah! ah! »

Trois coups de timbre retentirent. Ils traversèrent trois salons : l'un jaune, orné de peaux de
tigre ; un autre rose, avec du bambou ; le troisième
vert, occupé en partie par un grand aquarium où
brillaient quelques poissons étranges, pierreries
mouvantes. Ils arrivèrent enfin à une chambre à
coucher bleue d'où la lumière était bannie. Félix,
dans une demi-obscurité, vit un vaste lit ; au pied
du lit, un sofa ; sur le sofa, une adorable blonde
vêtue d'étoffes blanches aériennes et transpa-
rentes, dans une pose de Diane au repos, qu'elle
modifiait, statuette vivante, par les évolutions
d'un corps menu dont la merveille apparaissait
à mesure. Quand elle riait, sa mignonne figure,
aux grands yeux d'un bleu sombre, s'éclairait
d'une malice diabolique. Quand elle ne riait plus,
c'était une ardeur lente et profonde sous les
traits purs. Ses pieds cambrés écartaient les mules
sans cesse d'un petit frémissement nerveux. Ses
épaules et ses bras avaient la courbe introuvable.

Sa voix était forte, pour ce frêle organisme, autoritaire et nette. Au mur étaient fixés des poignards et des flèches.

Elle accueillit gentiment les visiteurs et jaugea vite Turniquel : « Vous arrivez à temps, monsieur : j'allais partir pour la répétition des *Beaux jours d'une essence* qui a lieu chez de Fries ; vous m'accompagnerez, suivant l'aimable désir qu'en exprima notre ami Sivreuse. Et vous, l'abbé ?

— Hélas ! princesse, le devoir me rappelle !

L'abbé Serbe ne s'expliqua pas davantage sur la nature de ce devoir ; mais, s'approchant de Suzu, il prit la plus frivole des petites mains, la tint quelques instants captive et poussa un profond soupir.

— Qu'avez-vous ? Je vois que vous allez me gronder. Oh ! grondez, punissez-moi : c'est si bon !

— Il y a quinze jours au moins que vous ne vous êtes confessée.

— C'est pour en avoir plus gros sur la conscience. — Elle prit une mine gourmande. — Je suis blasée sur mes petits péchés ordinaires. Péchez-vous beaucoup, monsieur Tourniquet ?

— Turniquel, princesse, Turniquel, fit observer le diplomate sévèrement. Les Turniquel sont ori-

ginaires du Poitou, et, dans une circonstance particulièrement grave...

— C'est bon, c'est bon! Vous rompez les chiens,
vous ne voulez pas avouer vos péchés. Vous êtes
aussi un accumulateur. Je vais les dénicher
d'après vos passions. Qu'aimez-vous? La femme,
la musique, la peinture, la sculpture, les lettres,
le sacrilège?.

— La diplomatie amoureuse, répliqua Félix en
clignant de l'œil du côté de l'abbé Serbe. Mais
celui-ci semblait absorbé par des images esthétiques.

— C'est gentil ça : c'est à la fois une riposte et
un madrigal. Moi j'adore : primo, l'abbé Serbe ici
présent; secundo, Trouguin : c'est mon artiste
préféré; et puis, et puis, une toute velouteuse
orchidée noire, un parfum qui sent l'éther et le
poivre, que je fabrique moi-même; Edgard de
Fries dans ses rondels, Johannès Hallyre dans
ses sonates et fantaisies, pas les fugues, oh! non :
le roi des fugues reste Bach. J'ai du goût pour le
troisième acte de *Parsifal*, le *Second Faust*,
Henri VIII de Shakespeare : ses autres drames
sont fades; certains mystiques, surtout saint
Jean de la Croix...; quoi donc encore? je n'ai pas

mon compte... : les estampes de Cardon, *Zarathustra* de Nietsche, le satin mauve et les kangou-
roos tout jeunes, tout jeunes, quand ils ont l'air
de souris. Voilà mon bilan! A part cela, tout
m'écœure, et m'exaspère. Une question : Croyez-
vous aux fées?

Turniquel eut un galant sourire : « En ce moment j'y crois, princesse.

— Oh! je vous en prie! pas de fadeurs! Vous
avez une trop belle barbe. Moi j'ai le respect
de toutes les fées. Et elles voltigent autour
de moi. C'est pour elles que j'empêche le jour
d'entrer brutalement, il abîmerait leurs petites
ailes...

— Et le teint d'une princesse, songea l'abbé
Serbe, qui s'écria : « C'est très mal de croire aux
fées, très impie!

— Eh! je le sais, l'abbé, riposta Suzu avec une
moue charmante. C'est ce qui m'excite. Je les
appelle par leurs noms : Morgane, Lucinde, Evanire, Stirpe et Busquine. Elles me lisent de beaux
vers diaprés comme leurs ailes, des vers d'un
autre monde qui donnent le frisson. Et puis, —
mais chut : approchez-vous; — elle saisit le bras
de l'obéissant Félix : — je redoute les stryges,

les empuses et les lémures. Je les chasse avec des prières secrètes.

Un invisible cartel sonna : « Grands dieux, quatre heures ! Heureusement qu'Edgard de Fries habite à deux pas, avenue Marceau. Vite, vite, mon mantelet ! Partons. » Suzu glissa du sofa, et, droite, ses légères étoffes drapant son corps harmonieux, parfumé, un collier de perles autour de son cou rose, sa mobile physionomie en éveil sous son front têtu et bombé, elle parut à Félix si attirante, irrésistible, qu'il restait gauche, embarrassé, oublieux de son rôle. Elle le lui rappela : « Vous me donnerez le bras. Nous irons à pied, il fait beau. Ce sera comme dans la poésie de de Fries. » Et elle récita en psalmodiant :

Par la vétusté ruineuse du soleil
Elle et moi, moi et elle, et l'âme alentour,
Au sommet prolongé mais calme, au faîte de la tour
Où glapit et dans la nuit palpite son chant l'épureil.

— Qu'est-ce que c'est qu'un épureil ? De Fries n'a jamais pu me l'expliquer. Ça doit être un oiseau vert et noir avec un bec comme une épée. Au revoir, l'abbé ; à bientôt !

L'abbé Serbe monta dans sa voiture. Turniquel

vantait ses mérites tandis qu'il longeait le quai,
très ému, serrant imperceptiblement le bras si
souple de Suzu.

— C'est surtout un prêtre de goût, chose rare.
Il me comprend, il me confesse. Il est mon guide
et je suis sa madone.

— Pfètement! Mon grand-père Jean Turniquel
avait coutume de causer avec un curé son voisin...

— Oh! regardez : le soleil va se coucher dans
sa gloire, et les eaux l'attendent, lui le libérateur.
Lisez-vous le *Curare?*

— Rarement, princesse : j'ai mon temps si absorbé, des affaires d'une telle importance! Mes
fonctions...

— Bah! on flâne. J'écris bien mes mémoires!
Tout de même, j'ai peur. C'est la première fois
que je vais jouer en public. C'est superbe les
Beaux jours d'une essence, mais d'une difficulté!
Ces niais d'abonnés vont en avaler! Ce sont des
proses mêlées de vers, des vers ïambiques bien
entendu. Art adorable que celui qui, inaccessible
aux profanes, va chercher les coins discrets, les
âmes rebelles!

Suzu fleurissait une conversation, dont le tour

eût été prime-sautier, de phrases détachées des petites revues et auteurs chers aux Kamtchatka. Elle continua : « L'œuvre méprisable des Augier et des Dumas fils ne tiendra plus longtemps. On compte jouer à l'*Ame ardente*, après la pièce d'Edgard, *Alpha et Oméga*, de Pruderon, un jeune que je protège, puis *Comme en pleurs*, de la comtesse de Scudermo; ensuite des surprises, des récitations : l'avenir se dessine magique, auréolé! »

Cependant Turniquel méditait une petite enquête personnelle. Il l'amorça avec une adresse infinie : « Avez-vous souvent, princesse, l'avantage de voir Sivreuse? Quel charmant garçon! Nous avons renoué connaissance chez Mme Toupin des Mares.

— Jacques! C'est un cerveau admirable, ultra-compréhensif; — et Suzu fronça ses soyeux sourcils. — Il est mon camarade, comme les autres. Mon cœur est libre, mon cœur est presque à l'agonie.

Sur ces derniers mots, mordorés de tristesse, la rusée personne détacha son bras, et ils marchèrent côte à côte, silencieux. Turniquel cherchait. Il trouva :

— N'aimerez-vous plus jamais, princesse?...

— Ma devise est : *Attendre*. On m'a tant dupée, si odieusement trahie! Pouah! Quelle est cette lie qu'on nomme la chair?

Ils étaient arrivés. L'appartement qu'Edgard de Fries occupait au second avenue Marceau était en rumeur. La porte restait grande ouverte, on s'affairait partout. L'entrée de Suzu fut saluée par des applaudissements. Turniquel reconnut quelques figures de chez Mme Toupin des Mares.

Le maître de maison, qui l'avait déjà rencontré dans le monde, lui serra la main d'un air distrait. Edgard de Fries était roux, petit, de mise recherchée : gilet de velours noir à boutons d'or et redingote tombant jusqu'au milieu des mollets. Il possédait un crâne prématurément chauve, un visage régulier, tourmenté, des yeux ternes injectés de jaune. Sur le nez, un bouton polychrome en forme de cratère. Quand il daignait parler, car sa noblesse était douteuse et sa situation littéraire incertaine, il baissait les sourcils et la voix. Ses mains étaient surtout caractéristiques, nerveuses et longues comme celles d'un bossu, et il sculptait l'air pour ses démonstrations. Quant à sa bouche, elle semblait le réceptacle de l'envie : ce péché capital emplissait, distendait toute la personne

d'Edgard de Fries, faisait de lui une poche à bile.
Il n'était jamais satisfait des articles si louangeurs
qu'ils fussent, ni des compliments directs. A la
moindre critique lue, il vomissait; entendue, il
pâlissait et pleurait presque de mâle rage. Il avait
le travail difficile, douloureux, la production in-
termittente et pénible. Au bout d'une page il suait.
Ses livres, malgré tous ses efforts, étaient minces
comme des feuilles et rares comme des diamants
noirs. Ses articles ne dépassaient point cinquante
lignes. Aussi les œuvres d'autrui le consternaient-
elles au point qu'un étalage de libraire était pour
lui un supplice atroce et que le succès d'un confrère le forçait à partir en voyage. Quelquefois
ce succès devenu triomphe le poursuivait de station en station, de ville en ville, et la fuite était
impossible. Il détestait cordialement les hommes
de talent passés, présents et futurs, mais il soi-
gnait et cultivait par des dîners et des cadeaux
quelques-uns des plus féroces Kamtchatka, de ces
jeunes de quarante-cinq ans tels que Arthur Véronisse, Robert Sorpion le catholique ou le juif
Adolphe Judas; il flattait les orgueils naissants à
la Sivreuse, à la Trouguin, à la Cardon, troquant
un peu de casse pour beaucoup de séné. Lâche par

nature, il ne remerciait que les acerbes, ne s'accrochait qu'aux hercules de carton et dédaignait les affables. Il n'était pas de bassesses qu'il n'accomplît pour une réclame, pas de promesses qu'il ne fît pour éviter une attaque. Il incarnait la lugubre, la noire, la tenace jalousie littéraire, que rien ne peut guérir, dont la mort seule délivre les victimes.

Pour le moment, Edgard de Fries, très énervé par le retard de sa principale interprète, s'occupait à peine de ses invités : « Nous sommes en plein travail, en plein travail! » répétait-il à tout le monde, et chacun s'indignait secrètement, se trouvait mal placé, négligé, souhaitait le pire destin aux *Beaux jours d'une essence.*

Turniquel, abandonné par Suzu, se sentit un peu isolé, bien qu'on se serrât les coudes autour de lui. Il était à l'extrémité d'un salon blanc et bleu au fond duquel on voyait la scène surexhaussée, car la répétition était sérieuse, *en costumes.* Le secrétaire d'ambassade distinguait une confusion de nuques et de visages, suivant que les spectateurs faisaient face à la toile baissée ou se retournaient pour inspecter l'assistance. Les éphèbes étaient là au grand complet; leurs phy-

sionomies, issues de cols extravagants, exprimaient une béatitude sévère, puisqu'ils allaient
juger un auteur. Des monocles luisaient partout.
Félix sentit une main serrer la sienne, et pardonna
vite cette familiarité quand il reconnut le romancier Gréveuille :

— Vous ici? Vous voilà donc passé Kamtchatka?

Le descendant des Turniquel eut un rire sonore
qui fit dire à sept ou huit personnes dans le salon : « Tiens! le fantoche de Mme Toupin des Mares
n'est pas loin. »

Gréveuille tournait de côté et d'autre ses profils
inégaux. Il furetait, murmurant : « Bonne petite
assemblée: les rosses sont au complet! » Et, pour
se dégonfler, il commença l'éducation de Turniquel,
que le contact de l'homme célèbre flattait infiniment :

— Puisque vous êtes dans la diplomatie, la mé-
nagerie humaine vous intéresse. Regardez là-bas,
près du mur, au troisième rang, cette brune à
toilette tapageuse qui dépasse ses voisines d'une
demi-tête et lorgne impertinemment avec sa face-à-
main: ces yeux cernés jusqu'à la bouche et cette
bouche sensuelle jusqu'aux oreilles, c'est la ba-

7

ronne juive Wallenstein, l'amie des grands hommes. Elle se met sur les célébrités comme la
mouche sur la mauvaise viande. Peu lui importe
le genre, l'âge, le physique! Elle affola tous nos
psychologues, dont votre serviteur. Vous la retrou-
verez dans tous nos livres, car nous sommes de
fameux naïfs, et c'est la sottise habituelle aux
littérateurs de courir tous au même endroit. Elle
pose pour le vice, pour la perversion, comme
Rose Coindart, comme trente-six mille autres que
la fainéantise et les mauvaises lectures ont gâtées.
Elle a une conversation de portefaix, une excellente
table, un mari stupide et tous les préjugés de sa
race. Chez elle on chasse, on joue au tennis,
au pocker, on monte à bicyclette, on flirte, on
fréquente quelques journalistes et députés qui
ne sont pas encore à Mazas et ramassent de
rares miettes dorées sous la table du père Wallenstein. C'est très amusant!

Turniquel, effaré par cette verdeur de langage,
commençait à trouver son interlocuteur compro-
mettant, et il n'osait point rire. Mais l'autre s'obs-
tina : — « Celui qui lui parle en ce moment, c'est
Verduron, aussi envieux que de Fries; Verduron
le tresseur de petits récits quelquefois jolis, quel-

quefois nuls, et qui a gâché un gracieux talent dans l'alcool, la flâne et les bureaux de rédaction. Cet autre un peu à gauche, à tête de crapaud, avec son monocle vissé, c'est Adolphe Judas : il bave sans talent sur nous tous. Il souffre de sa contondante origine ; il discute sans trêve la question des races, prône l'anarchie, qui supprime les différences de sang, et écrit pour son compte de lamentables légendes pillées un peu partout. Il cause à cette minute avec Désiré Feutrasse, le plus malin de la cérémonie, l'exploiteur des Kamtchatka, qui chante les louanges de tout ce petit monde et regarde tomber les fromages. Il tirerait de l'argent d'un pavé en le félicitant sur sa rondeur. »

En cet instant, Gréveuille et Félix furent bousculés par un couple étrange : Rose Coindart, longue, et méprisante, les cheveux relevés et collés comme si elle sortait du bain, au bras d'un gros garçon imberbe à tête poupine, molle et vicieuse, à la démarche fatiguée. Elle l'entraînait, criant tout haut : « Ma place, ma place, auprès de la baronne Wallenstein ! » Le romancier dit à Turniquel : « Elle, vous la connaissez. Elle a le scandale arrogant. Quant à lui, c'est le succes-

seur du Turc, un Anglais, Termund Green, ultra-
préraphaélite, la coqueluche des *Seasons* à Londres. Il ne parle que par apologues, ne s'intéresse
qu'à Néron, ne se mouche que dans des carrés
de soie provenant de bayadères mortes. C'est le
roi des Kamtchatka d'outre-Manche, avec une
pointe d'affectation cruelle jointe au vif sentiment
des couleurs tendres. C'est lui qui a choisi le
bleu de ce salon, et il affirme qu'après la poésie,
il se consacrera à l'empoisonnement... Tous les
jeunes gens s'empressent autour de lui, mais
c'est aux éphébesses surtout qu'il est cher et
voyez cette adorable Botticelli qui voudrait bien le
souffler à Rose Coindart. »

Trois coups hardiment frappés interrompirent
cette lanterne magique. La plupart des réflexions
de Gréveuille passaient d'ailleurs par le cerveau
de Félix sans y laisser d'empreinte, très étonnées
sans doute d'un organe aussi creux, aussi vide et
qui n'avait même pas de pépins. Le prélude de Johannès Hallyre commença, exécuté par un orchestre invisible. Ce fut d'abord comme un tumulte
de chats dans une nuit d'été. Puis un silence.
Puis de rapides et stridents sifflets, tels que d'une
locomotive, des beuglements de steamers perdus

dans les brumes. Et cela finissait par un *galop* en-
fantin, une sortie de matinée dansante.

Mais le véritable concert débutait avec les pâ-
moisons, les applaudissements, les cris d'enthousiasme. Éphèbes et éphébesses déchiraient leurs
gants et roulaient des regards furieux : « Essayez
donc de nier son génie. Essayez! » — « Bravo! hur-
lait Adolphe Judas, les mains étendues comme des
ailes! — Vive Johannès Hallyre! » glapissait la
baronne Wallenstein. On délirait. Rose Coindart lança sur la scène un bouquet de roses et un
d'orchidées. Le compositeur, Johannès Hallyre
lui-même, géant brun et osseux, dut venir saluer
l'assistance. Et ce n'était que la répétition! Quel
serait le triomphe à l'*Ame ardente*, le soir de la
première!

Quand le rideau se leva *pour le texte*, la majorité des spectateurs l'imitèrent, malgré des *chut!* et
des *assis!* répétés; de sorte que Turnique[1], placé
aux derniers rangs, debout et s'efforçant en vain
de préserver son chapeau contre la houle envi-
ronnante, étouffait mais ne pouvait rien voir. Il
distingua cependant, entre deux crânes et deux
oreilles velues, un coin du décor, réduction de celui de l'*Ame ardente*, lequel représentait un paysage

7.

symbolique, un ciel café au lait, des arbres rouges dont les branches rappelaient les artères des
atlas d'anatomie, et une maison jaune en forme
de mosquée. Un solide gas en pourpoint noir dé-
colleté psalmodiait là dedans des paroles incompréhensibles. Turniquel ne pensait qu'à Suzu. Elle
lui avait fait une impression telle qu'il ne se rappelait point en avoir ressenti de semblable, même
le soir, étincelant entre tous, où l'ambassadrice
de Russie lui avait dit : « Monsieur Turniquel, votre bras, je vous prie, pour aller au buffet ! » Il
détaillait son souvenir, la chambre bleue, le sofa,
la statuette de chair blonde, puis ce bras délicat
et ferme sous le sien. La nécessité d'aller demander en mariage Mlle Claire Houdraye au sévère
profil de camée lui paraissait douloureuse. Mais il
avait promis : un diplomate n'a que sa parole. Il
entendit ces mots : Trois millions ! Il vit la figure
rusée de maître Blétin, le tas d'or que formaient
trois millions, la somme de considération que
procurait un pareil poids de métal, la jalousie des
camarades, l'horizon des honneurs et des joies va-
niteuses... A ce moment de ses rêves un frémissement parcourut les spectateurs : Suzu faisait son
entrée. Malgré tous ses efforts, Félix ne put aper-

cevoir qu'un pan de la robe flottante et une petite
main aux doigts raidis, hiératiques. Mais la voix
lui arrivait nette et fraîche, avec cette nuance de
commandement qui l'avait dompté tout à l'heure
sur ce quai voluptueux. Le malheureux secrétaire
d'ambassade regarda sa montre : cinq heures ! Il
n'était que temps d'accomplir sa mission. Trois
millions, et à quatre pour cent. Cent vingt mille
francs de revenus. Gréveuille était à quelques pas,
très occupé par le bavardage chuchoté de Mme Grivaudan, dont le corps mince avait le frétillement
joyeux du potin inédit. Les regards étaient tour-
nés vers la scène. C'était l'instant propice pour
une fuite discrète, ce cheveu mince de l'occasion
que M. de Talleyrand sut toujours saisir et qui dis-
tingue un disciple de Machiavel d'un disciple du
célèbre La Gaffe, dont les exploits remplissent les
annales de la carrière.

Vénérons-le, lui tel et pourtant monochrome,
Fervent, mais vivace et gladiolé royaume.

La nerveuse voix de Suzu troublait encore le
cœur du diplomate, qu'il s'esquivait sur la pointe
de ses souliers vernis, soumettant un désir naturel

à la convoitise artificielle, si sincère néanmoins,
de trois millions.

Dehors il eut un vif regret, aussitôt calmé par
cette réflexion : « Bah ! je retournerai chez la princesse. Mon père et maître Blétin n'empêcheront
point la bagatelle, du moment que le sérieux sera
assuré. Et dans son fiacre, de l'avenue Marceau
au boulevard Malesherbes, il rumina des projets
de conquête, des propos enchanteurs, des ripostes irrésistibles. Même il fit arrêter chez une fleuriste de sa connaissance : « Madame Fernand, je
désire une gerbe de lilas, de hautes tiges, une
botte de lilas, une brassée, quelque chose d'im-
portant, qui ait de l'œil, qui représente, à l'adresse
suivante, avec ma carte : « Princesse de Fourvan-
« dières r-e-s, quai de Billy, 74. C'est parfait ! Comme
pour la consulesse de Suède. C'est une amie à
moi, une relation très très particulière, une
personne difficile et qui connaît les fleurs. »
Mme Fernand sourit, car la princesse Suzu avait
chez elle une dizaine de factures impayées. Les
lilas seraient un acompte...

La *cellule* de Claire, comme disait la jeune
fille, était un délicieux logis, confortable et
simple, où elle passait la plus grande partie de

son existence solitaire à lire et à broder. Car elle
était d'une adresse féerique, et par ses mains légères s'évadait sur la trame, en variations bril-
lantes, l'ardeur de son imagination : « Manque de
goût! manque de goût! » se répétait Turniquel au
milieu du salon, parcourant d'un œil dédaigneux
et rapide des Corot authentiques et un prodigieux
Théodore Rousseau. La vieille bonne était allée
avertir sa maîtresse, et il employait son loisir à
comparer les richesses esthétiques de Suzu avec
ce luxe calme et vrai. Puis il eut un scrupule.
Malgré les avis de son père et de maître Blétin,
cette démarche était peu correcte. D'ailleurs, la
situation de cette jeune personne dans le monde,
indépendante et sans entraves, n'eût pas été ad-
missible sans la sauvegarde de ses trois millions
de dot.

Claire entra, un peu surprise de cette visite
inattendue ; mais dès l'abord elle fut fixée sur les
intentions de Turniquel et elle résolut d'y couper
court. L'insistance de maître Blétin et de son père
la révoltaient : elle comptait s'amuser un peu de
ce naïf diplomate, si confiant dans sa belle barbe
et ses avantages personnels. Elle était charmante
avec son air doux et tranquille, ses bandeaux

noirs et son nez frémissant de malice. Elle resta debout, invita Félix à s'asseoir.

— Que je suis charmée de vous voir, monsieur Turniquel ! d'abord parce que vos visites sont rares, ensuite j'ai un gros service à vous demander. Il s'agit d'une famille pauvre pour qui j'organise une tomboia. Les billets sont à vingt francs. Vous pouvez m'en placer, étant données vos nombreuses et riches relations. Combien en désirez-vous ?

Félix réfléchit rapidement qu'il n'avait sur lui que quarante-deux francs soixante-quinze. Puis cu entrée en matière déroutait ses combinaisons.

eux pour commencer, mademoiselle. Je m'info merai. Il me sera facile dans les ambassades...

— Je crois bien, dans les ambassades ! on y est si généreux ! L'ambassadrice d'Espagne nous en prend trente à elle toute seule.

— Elle ruinera son pays. Ah ! ah ! j'plaisante, j'plaisantais ! L'Espagne est pauvre. J'ai sur la situation pécuniaire des détails très précis...

— Cela ne m'étonne pas : vous autres diplomates êtes toujours renseignés très exactement sur les situations pécuniaires.

— Diable ! songea Turniquel, que signifie ceci ? Sa gravité subite délecta Claire. Elle continua : «Un jeune homme de la carrière, un de vos collègues, dont j'ignorais jusqu'à l'existence, est venu l'autre jour me demander brusquement en mariage. Et comme je lui riais au nez, il me répondit fort naturellement que, ayant entendu parler de ma fortune considérable, hélas ! il désirait opérer une association des capitaux et du talent. C'était assez peu diplomatique, avouez-le, mais si cordial ! »

Turniquel rougit jusqu'aux oreilles, et son rire habituel sonna faux. La déclaration devenait malaisée. il perdit la tête et ne songea plus qu'à la façon de se retirer en bonne posture :

— S'il vous aimait pourtant, mademoiselle ?

— Il ne me connaissait pas.

— Il ne vous avait jamais vue, pas une seule fois ? (Le secrétaire fut enchanté de ce madrigal.)

Elle prit un air ironiquement contrit : « Si : l'infortuné m'avait aperçue en soirée dans quatre ou cinq occasions, et il s'était ensuite passionné pour mon notaire.

— Ah ! ah ! Charmant, charmant ! Vous avez un esprit, mademoiselle, un esprit ! Je n'ai connu

que la sœur aînée du défunt roi de Hollande qui
en eût un semblable. Un jour que je lui propo-
sais une tasse de thé, elle me répondit : «Je crains
les Grecs et leurs présents! » Ah! ah! Or nous fai-
sions à ce moment un traité de commerce avec
la Hollande, et j'étais le principal agent de ce
traité.

— Elle avait du flair, répliqua Claire sérieu-
sement.

Turniquel, satisfait de cette anecdote et désireux d'en finir, se leva : « Au revoir, mademoiselle !

— Comment! une visite si courte?

— Mille regrets, mademoiselle! J'ai des affaires par-dessus la tête .

— A bientôt donc, cher monsieur. Excusez
mes billets de loterie.

Elle le raccompagna malgré ses exclamations,
ses piétinements, ses hennissements, les gestes
de son irréprochable chapeau, de sa canne et de
sa barbe. Dans l'escalier, Félix eut une illumina-
tion : « Elle m'ouvrait les voies. Elle me tendait
la perche avec cette histoire de diplomate : je
n'ai pas su en profiter. Les femmes sont toujours
plus fines que le plus fin d'entre nous. » Car

l'homme le plus simple est toujours complexe.
Quand Turniquel avait la conscience sourde
d'une posture inférieure ou d'une rebuffade, il
faisait aussitôt appel à la fatuité et se dorait
la pilule à lui-même.

Il lui restait deux francs soixante-quinze. Il
paya sa voiture et se mit en marche le long du
boulevard Malesherbes : « Mon père n'a rien à
me reprocher. J'ai loyalement tenté l'aventure.
D'ailleurs, maître Blétin exagère peut-être. Cet
appartement ne représente pas une fortune de
trois millions. »

Quelques pas plus loin il rencontra Paul Lermy
qui allait chez Claire. Celui-ci était la jalousie
incarnée. L'air vainqueur de Turniquel l'inquiéta :

— Comment allez-vous depuis hier ?

— Fort bien ! fort bien ! mon cher. Je sors de
chez Mlle Houdraye.

— Ah ! Moi je vais chez mon maître d'armes.
Une petite botte ne vous tente pas ?

— Merci : le devoir m'appelle, ce devoir auquel
ma famille ne s'est jamais soustraite.

— Je le regrette : je vous aurais boutonné avec
plaisir, avec énormément de plaisir !

Et Paul fixa son rival avec des yeux tels que

celui-ci se troubla : « Je préfère m'esquiver. Je crains les mauvaises affaires. Adieu, batailleur. Adieu ! » Et il s'en alla en riant, tandis que le peintre maugréait : « Quel imbécile et quel pleutre ! »

III

Le jeudi suivant, devant le Cardon, dans le salon Toupin des Mares, Jacques Sivreuse se trou-
vait seul avec Mlle Morgane. Il était de bonne heure,
et Mme Louise, comme l'appelaient ses familiers,
était allée, au bras de Véronisse, visiter l'exposition des *Chevaliers de Jérusalem*.

Jacques Sivreuse était sous les armes, absorbé
par l'image de Claire Houdraye et prêt à la bataille. Un peu surpris d'abord de se rencontrer
en tête à tête avec Morgane, qu'il savait avoir toujours eu pour lui un petit sentiment, il jouait
maintenant la parfaite aisance, examinait avec
une attention soutenue la toilette rose vif, la
physionomie longue et fade de la future Mme Saint-
Lippard. Celle-ci minaudait :

— Qu'avez-vous à me regarder ainsi, monsieur le psychologue?

Dans le monde on l'appelait *la Pêche*, parce qu'elle zézayait d'une manière humide.

— Je songe, mademoiselle, qu'à certains moments il en est des êtres comme des mots. Nous leur découvrons subitement un sens caché. Je ne vous avais jamais aussi bien comprise qu'aujourd'hui, par ce resplendissant après-midi d'avril, où tout prend une clarté nouvelle.

Sivreuse là-dessus lissa sa moustache blonde, puis tortilla le cordon de son monocle. Il expérimentait les propos qu'il tiendrait à Claire. L'hypocrisie le réjouissait.

Morgane fut si ravie qu'elle devint de la couleur de sa robe. Elle poussa un profond soupir : « C'est cela la vie : on passe à côté les uns des autres, et l'on croit parler le même langage. Mais personne ne s'entend. Nous sommes de pauvres muets. »

Il trouva cette langueur assez divertissante. Puis cette presque fiancée devenait un fruit défendu. Valmont n'avait point négligé ni ménagé Cécile Volanges. Il poursuivit : « C'est pour cela qu'on doit profiter des rares minutes de sympathie complète. C'est un crime que de laisser fuir la passion quand elle nous frôle. Ah! si chacun suivait sa pente! »

Avec une audace incroyable, Mlle Morgane suivit la sienne et mit sa main sur celle de Sivreuse, que le geste prit à l'improviste. Il la sentait longue, froide, osseuse, et, par un appel magique, le masque hideux de Saint-Lippard surgit tout à coup dans son esprit. L'évocation de cet affreux convive le dégoûta du repas en commun. Il leva les doigts à la hauteur de ses lèvres, les baisa respectueusement, puis les écarta avec discrétion, les replaça dans l'air à distance, comme un oiseau auquel on rend son vol. Il lui sembla que, sous son arche, l'œil du Cardon clignait de rire.

— Vous vous mariez bientôt, mademoiselle? dit-il pour établir une barrière, car l'affaire marchait trop bien.

Elle eut un sourire triste : « Je me marie! Hélas! on me marie. Pourquoi vous le cacherais-je? Vous êtes mon ami, presque un frère. Vous avez vu M. Saint-Lippard ; c'est un honnête homme, un noble cœur, mais il n'a aucune de mes aspirations. »

Il secoua la tête avec un air de commisération

8.

profonde : « Méfiez-vous, ma chère Morgane, —
c'était la première fois qu'il l'appelait par son
prénom : elle tressaillit, — vous vous sentiriez mal
à l'aise dans un milieu bourgeois, vous si raffinée,
si esthète !

— Je ferai l'éducation de mon mari.

— L'admettra-t-il ?

— Sans doute. J'ai déjà commencé. Je lui fais
lire de vos proses et de celles d'Edgard de Fries !
Siegmund lui joue du Johannès Hallyre. Nous lui
enseignons nos mépris, nos extases.

L'idée de la gymnastique à laquelle on soumet-
tait l'infortuné Gaston Saint-Lippard enchantait
Sivreuse. Il insista :

— A-t-il quelque disposition ? Sentez-vous en
lui le bon écolier qui récompense des fatigues par
un intellectuel sourire où l'effort sincère est
inclus ?

— Certes ; il fait même des progrès étonnants.
Attendez-moi, je reviens.

Morgane disparut. Jacques Sivreuse se leva,
marcha devant une glace, rectifiant un peu le pli
de sa cravate et pensant : « Quelle cire à modeler
que la femme ! De celle-ci je ferais quelque chose.
Mais, vrai, son monstre a trop de boutons. Qu'ai-

je donc de si attrayant, qu'aucune ne me résiste?
Les infortunées! Si elles voyaient la sécheresse de
mon cœur! Pire que celle de don Juan, de Bonaparte, de Julien Sorel, parce que plus réfléchie,
plus analytique, plus consciente. »

Morgane revint, un grand carton à la main :

— Nous avons dessiné cela ensemble! s'écria-
t-elle victorieusement. Quelle cire à modeler que
l'homme! De celui-ci je ferai quelque chose!

Sivreuse fut stupéfait. C'était le décalque de
son monologue. Il ne réfléchit pas que le cénacle
appareille tous ses composants, et que le jargon
des idées appelle le jargon des mots. Les Kamtchatka finissent ainsi par se ressembler d'une
étrange manière, et, se croyant des phénomènes,
ils sont tout simplement des gaufres. Mais la
conclusion du psychologue fut que Morgane était
une fille d'une intelligence sublime, puisqu'elle
pensait à l'unisson de lui. Il examina l'œuvre de
Saint-Lippard. C'était une mauvaise copie très ap-
pliquée de Cardon : Une femme nue, assez analogue à un soulier, debout sur une étoile de mer.

— Votre avis? demanda Morgane.

— Il a de l'étoffe, répondit Jacques. Dégoûté
de cette phrase toute faite, il ajouta : « Néanmoins

le réalisme perce encore sous les intentions symboliques. Ce corps de femme devrait être tel que
vu à travers les splendeurs marines, c'est-à-dire
brisé, déformé, trahi par les courbes de l'eau, la
réfringence de la lumière. »

Elle hochait sa longue tête avec complaisance :

— Communauté sainte des cœurs d'artistes! Ils
se mirent les uns dans les autres. Je vous remercie,
Jacques, de m'indiquer la route. Pièce à pièce et
patiemment je referai l'âme de Saint-Lippard. Je
l'approcherai de nous, de nos béatitudes. C'est
une tâche très haute, digne de moi. Vous m'ai-
derez, n'est-ce pas?

— A la bonne heure! se dit le jeune homme.
Nous restons dans les nuages.

En termes imagés et vivaces, il promit son appui, son bâton, sa corde et sa lanterne à Gaston
Saint-Lippard absent, qui, par la puissance des
métaphores, devint successivement un aveugle,
un sourd, un chien et un pendu.

On entendit un tumulte de voix, l'une criarde,
l'autre grave et pâle. C'était Mme Toupin des
Mares qui rentrait avec Véronisse: « Bonjour, Sivreuse : c'est gentil! Bonjour, Morgane. Ouf!

quelle bousculade! Mais que de merveilles, que de merveilles! »

Le stoïcien leva vers le plafond les immenses tentacules qui lui servaient de bras et s'écria : « C'est splendide! Il y a de la foi, du miracle. La foi éclaire tout. Comme je l'ai écrit dans une brochure que j'ai dédiée au ministre de l'Instruction publique, la foi transfigure. C'est cela! La foi transfigure! » Il se gargarisait avec cette phrase, et ses cheveux blêmes étaient hérissés d'admiration.

Mme Toupin des Mares se débarrassait de son manteau et de son chapeau. La sueur perlait sur son front, formait de là quantité de petits ruisseaux qui descendaient le long des joues, se rejoignaient en lac au menton. La sueur perlait sur son cou, sur ses mains, et ses faux cheveux étaient comme trempés. Elle avait la face cramoisie, puis noire par bouffées alternantes, et elle entremêlait ses exclamations de « Ah! », de «Ouf! » qui manifestaient son essoufflement :

— Comment n'étiez-vous pas là, vous Sivreuse, vous le directeur de la revue d'avant-garde et que les nouveautés passionnent?

— C'est un crime, mon cher, c'est un crime!

interrompit Véronisse. Votre place était là : place
de lutte, place de combat, place de bataille. Vous
avez failli au devoir.

— Racontez d'abord, dit Morgane : vous nous
accablerez ensuite.

— Le local est changé. Ah! ouf! Ça va mieux,
reprit Mme Toupin des Mares, tout en éven-
tant sa petite tête acide qui portait la peine de ce
corps disproportionné. Le Grand Ordonnateur a
cru qu'un atelier serait préférable à un musée,
moins banal. Et quel atelier! Celui de Coindart,
obligeamment prêté par Rose. On avait relégué au
grenier les croûtes du malheureux, naturellement. Tout le monde avait exposé. Les Chevaliers
de Jérusalem, au grand complet, conduisaient les
dames au buffet. Il y avait des lances sur les verres de punch, sur les nappes, et des boucliers le
long des murs. C'était charmant!

— Et à qui la palme? demanda ironiquement
Sivreuse, que ce succès dépitait.

— A Pusquet de Gril. Il s'est surpassé. Il nous
a offert le symbole magistral de la vie; ça s'appelle *Descendance.*

— *Transcendance!* rectifia Véronisse d'un ton
doctoral.

— C'est, sur fond d'or, un vieillard qui joue au bilboquet avec un enfant dont la tête est pendante, rattachée au corps par une ficelle sur laquelle il y a une devise empruntée à un poète américain, Kischmann.

— Walt Whitmann, l'auteur des *Mousses*, corrigea encore le philosophe.

— L'auteur de *Brins d'herbe*, conclut Sivreuse.

— Que vous êtes *méticulistes!* Et Mme Toupin des Mares scandait son récit de grands coups d'éventail. Nous avons beaucoup remarqué, Véronisse et moi, l'œuvre d'un jeune qui n'est pas encore sacré chevalier. Ce sont des états d'âmes représentés par une série de chiffres qui ont des formes de serpents engourdis dans la brume. C'est extraordinairement *signifiant!* Pas, Véronisse?

— Cela m'a confondu, madame. C'est beau comme une page de Marc-Aurèle. Comme je dis, les grands hommes se rencontrent. J'ai prononcé cette phrase dans une soirée : tout le monde se leva et applaudit.

— Il y avait encore un jeune, qui signe Purgiflore, qui a vingt-cinq ans, et, je peux bien raconter cela devant Morgane puisqu'elle va se ma-

rier, qui a fait le serment de rester vierge
toujours, comme Siegfried ou comme Parsifal.
Son œuvre est une boule bleue dans laquelle un
chevalier étrangle une nymphe.

— La nymphe a des devises sur les cuisses.
C'est très original ! ajouta Véronisse.

— Mais, maman, demanda Morgane, tu ne nous
parles pas du public ?

— Ah ! Ouf ! Je ne puis pourtant pas tout raconter en même temps. J'ai rencontré la plupart
de nos connaissances : Mme Lévinché, cette sotte
de petite pimbêche de Grivaudan, suivie de Gréveuille, qui m'a à peine dit trois paroles, Rose
Coindart avec son Anglais Termund Green que
j'ai invité à mes jeudis. Véronisse faisait des yeux
foudroyants. Pas, Véronisse ?

— Je sauverai l'âme de cette jeune femme, affirma le stoïcien.

— Taisez-vous donc, farceur ! c'est elle qui vous
mènera en enfer. J'ai rencontré Claire avec Paul
Lermy, naturellement. Ils se moquaient de tout,
suivant leur habitude : des costumes de velours
noir des Chevaliers, des casques et des blasons,
des peintures symboliques. On prédisait aux
Beaux jours d'une essence un succès étourdissant,

mais il faudra encore répéter ; la musique n'est pas au point. Suzu était là, très décolletée quoique en plein jour, très entourée, très admirée. Il m'a semblé qu'elle flirtait avec le petit Turniquel : « Pfètement, pfètement, j'plaisantais. » Edgard de Fries est un peu souffrant. Que marmottez-vous, Sivreuse ?

— Je dis, madame, que l'éreintement de Sorpion lui a certainement donné la jaunisse.

— Monstre de psychologue! Enfin c'était tout à fait distrayant. Nous avons fait un groupe sympathique avec la baronne Wallenstein, Judas, qui prenait des notes pour votre *Curare*, cet adorable Désiré Féutrasse, qui a trouvé ma toilette ravissante et mon chapeau un pur chef-d'œuvre, et le baron des Murènes, plus spirituel que jamais, du dernier *Régence* et *Souper fin*.

— Et les Chevaliers, maman, que disaient-ils ?

— Rien, mais ils étaient superbes. Ils offraient des programmes : j'ai perdu le mien. Ils frappaient le sol de leur lance trois fois par heure devant le chef-d'œuvre qui a obtenu la palme bleue, le *Pusquet de Gril* dont je vous ai parlé. Si nous étions restés jusqu'à la fin, mais je voulais revenir pour mon jour, nous aurions assisté au défilé

9

hiératiciste des prêtresses de l'esthétisme jouant
du luth et de la cithare, toutes des jeunes filles
de la noblesse. Ah! mon Dieu! j'ai moins chaud,
Avez-vous assez de détails? Dans quelle belle
époque nous vivons, mon cher Sivreuse! Quel
enthousiasme artistique, quelle véhémence contre
les rétrogrades, les *prêtres du néant*, comme les
appelle Sorpion! Devant cette efflorescence de
génies, je songeais à ces pauvretés qu'on nous
fait admirer par contrainte et par tradition : le
Corrège, Raphaël, Le Titien, Léonard, tous ces
pompiers!

— Des mollusques ! c'est ma formule, déclara
Véronisse, et il prit congé...

— Comment! où allez-vous?

— Travailler, madame. J'achève mon grand ouvrage, *Psychologie céleste*, qui vous est dédié. Dans
mes repos j'écris un petit roman anecdotier,
facile, *le Requin*. C'est une femme, bien entendu,
une femme perfide qui dévore ses amants; une
idée à moi, très profonde, très particulière, que
je ne peux expliquer à la hâte. » — Cette phrase fut
humée du bout des lèvres, comme si le philosophe
eût aspiré par elle l'essence de la gloire et de
l'orgueil. — « Je m'occupe aussi d'un petit drame

pour l'*Ame ardente* : *Calepta ou les Aventures d'une vision*. Le sujet est simple, empoignant. Une reine rêve qu'elle est bergère. Elle se réveille, et son illusion est détruite, et elle pleure, car elle regrette les frais bosquets, les balsamiques effluves du pays natal... »

Comme il sortait, grandiose et droit ainsi qu'un I majuscule, Gaston Saint-Lippard entrait avec un bouquet énorme derrière lequel était son rictus La chaleur faisait reluire son crâne, ses boutons et ses lèvres. Il embrassa sur le front Morgane, sur la main Mme Toupin des Mares, et dit à Sivreuse : « Ah! vous voilà, vous! » Positivement il bavait les *v*.

— Oui, me voilà : comment qu'ça va? Et Sivreuse, goguenard, secoua l'épaule du monstre.

— Morgane, emmène-le dans ta chambre.

— Oui, maman : c'est l'heure de sa leçon de dessin. » — Elle le menaça du doigt. — « Il faut vous appliquer, monsieur. Vous avez beaucoup de talent, mais le réalisme perce encore. M. Sivreuse croit à votre avenir. Du courage! » Docile et vultueux, l'élève suivit son maître.

Resté seul avec Mme Toupin des Mares, Jacques Sivreuse prit un air sarcastique qu'il avait étudié

le matin, et qu'il obtenait en pinçant le nez et en
songeant à Bonaparte au dix-huit brumaire.

— Madame, j'ai à vous entretenir d'un sujet
tout spécial, brûlant, qui réclame un intellect,
le vôtre, seul.

Il savait l'influence que son vocabulaire et ses
façons des grands jours exerçaient sur la femme
du marchand de suif. Elle frissonna de plaisir
d'être ainsi confidente, et inclina la tête : « Je
vous écoute. »

Il croisa les bras, articula bien pour donner
du mordant à ses propos : « Je désire, je veux
Mlle Houdraye. Ma volonté, dressée comme pour
un défi, s'attache à cette enfant. Don-jua-
nisme, peut-être ; joie de l'enlever à Paul Lermy ;
dilettantisme certainement! car mes heures
s'écoulent sans relief. En tout cas, projet nécessaire et sans recul ! »

Ces ellipses charmaient la bonne dame, mais
elles dépassaient un peu son niveau. Il s'en aperçut à ses yeux ronds, et clarifia son discours :
« Je vous demande votre appui. La femme sait
corrompre la femme. Vous vous rappelez que,
dans les *Liaisons dangereuses*, la marquise de
Merteuil s'associe au chevalier Valmont dans ses

galantes entreprises. C'est une aide du même
ordre qu'il me faut. Après avoir bien cherché,
bien regardé autour de moi, je n'ai trouvé que
vous à la hauteur de ce rôle. Je m'incline, et
j'attends la réponse. »

Mme Toupin des Mares, fort au courant du code
kamtchatka, avait lu les *Liaisons dangereuses*, et la
proposition de Sivreuse la flattait vivement. Elle
répliqua : « J'accepte ; mais que puis-je faire pour
vous ? »

— Merci ; madame : c'est bien simple. Mlle Houdraye a devant elle deux prétendants : Turniquel, qui est grotesque, et Paul Lermy, qui
lui plaît. C'est ce dernier qu'il faut détruire.
Quant à moi, vous me présenterez sous un jour
tel que la jeune fille ne pourra me résister. Elle
est simple de goût : peignez-moi sous des couleurs simples. La franchise la séduit : que par
votre artifice je devienne franc et sincère ! Vous
savez les replis de son cœur : écartez-les de votre
main adroite, et placez-y mon nom de telle sorte
qu'en se refermant ils l'emprisonnent.

— C'est que, c'est que je n'ai pas sur Mlle Houdraye l'influence que vous pensez. Elle est indépendante, altière, têtue même jusqu'à l'*ultimisme*.

9.

Sivreuse sourit : « Elle est femme, madame, et vous avez l'expérience. Vous n'ignorez aucun de ces subtils breuvages qui versent l'oubli et le dégoût ou l'extase et la hâte à jouir. Excusez mon indiscrétion, mais ce que je viens de vous avouer nous rapproche et nous lie. Quand Gréveuille vous a dessinée dans le *Cœur vide*, il fit un portrait indigne du modèle. Vos contours cérébraux sont autrement délicats, dépassent de beaucoup sa touche grossière. Oh! je ne désespère pas de vous magnifier moi-même un jour, non plus comme une créature matérielle de terre et de chair, mais comme une essence planante et ténue, ce que les sr'rites nomment, trop ponctuellement, un fluide. »

Pendant ce discours, Mme Toupin des Mares esquissait de courts gestes de protestation, et le psychologue, comparant ses épithètes amincies avec la corpulence de la dame, dégustait l'ironie des choses par petites lampées savoureuses. Elle faiblissait d'ailleurs, vaincue par cette avalanche de compliments ornés : « Je ne vous écoute plus, flatteur : je songe au moyen de vous servir. »

— La parole agit peu sur ces écervelées. La lettre est préférable. Répétée, journalière, elle

use peu à peu la pierre de l'indifférence. Elle se
grave dans la mémoire, s'y développe comme
une plante de fakir, engourdit et livre l'adversaire.

— Quel redoutable observateur du cœur humain vous faites, Sivreuse! D'où vous viennent
donc dans un âge si tendre, car vous n'avez pas
trente ans, ces *cognitions* mystérieuses?

Le directeur du *Curare* baissa la voix, et développa son caractère avec complaisance, en es-
suyant le verre de son monocle : « Dès mon
enfance, j'eus des dispositions à la perversité.
Elles stupéfiaient ma famille. J'aimais à frapper
des êtres faibles pour avoir ensuite un remords.
Le remords, le mépris, tels sont mes plus violents
plaisirs. Avec les années, ma cruauté naturelle se
nuança d'une feinte douceur qui me facilita l'approche des femmes. Je jouai d'elles avec une
adresse singulière, les considérant comme un la-
boratoire et l'amour comme l'ennemi du plaisir.
Mon orgueil augmenta. Il fit de moi le centre
d'un petit univers où je manœuvrais à ma
guise. »

Très satisfait de sa tirade et des regards admi-
ratifs de son interlocutrice, Sivreuse jugea néces-

saire un peu de mélancolie : « J'ai des heures de dépression, de détente. Le mal que je fais me trouble et je redeviens l'homme naturel. Peut-être après la victoire m'appuierai-je pour pleurer contre votre main, si vous m'y autorisez ; je suis faible, incertain, errant, tel que la plupart des vermisseaux terrestres, — ici le psychologue craignit de devenir banal ; — mais ces émotions vraies sont fugitives et je les méprise. Ce qu'il me faut ce sont des sentiments artificiels et que je fabrique moi-même : les jeux du danger et de mon imagination.

— Savez-vous, mon cher, que si je vous eusse rencontré dans ma jeunesse, je me serais probablement toquée de vous ?

— Malheur, malheur à celle qui me confie son âme ! Je la malaxe et la triture à mon gré ; je la déforme et je la brise... Madame, donnez-moi l'âme de Claire Houdraye.

— Mais vous êtes un démon !

— Il en faut pour dompter les anges. Puis-je compter sur vous ? Signons-nous notre traité d'alliance ?

— J'ai toujours cédé devant l'intellect.

Et, minaudant, Mme Toupin des Mares tendit

à Sivreuse une main courte, moite et grasse. Le
psychologue devint grave :

— Désormais, madame, je suis à vous ! Il y a
dans la vie de toute femme des grottes et des tré-
sors : je veillerai sur l'obscurité des grottes, je pré-
serverai le trésor. Commandez, ordonnez : je
vaincrai la circonstance.

— Méfiez-vous du romantisme et de la chevale-
rie !

— Je n'en garde que l'essence active, et du pa-
nache je chatouille le désir.

— Ah ! ah ! charmant ! Votre riposte est toujours prête.

Ils étaient là en présence, les yeux brillants,
tels deux comédiens enivrés de leur rôle. Or si
grande est la puissance des images, que Sivreuse et
Mme Toupin des Mares finissaient par éprouver les
sentiments qui n'étaient d'abord que sur leurs lèvres. De l'artifice ils arrivaient à la réalité par le
sentier bizarre des *Kamtchatka*. Leurs projets enfantins, tirés des livres et des préciosités de conversations, devenaient réellement criminels, et,
croyant n'assembler que des mots, ils aboutis-
saient à ébaucher des désastres.

A ce moment la sonnette retentit : « Mes vi-

sites commencent! Hélas! je n'y songeais plus! »
s'écria Mme Toupin des Mares.

— Je m'enfuis en ce cas. Adieu, belle associée.
Aurai-je bientôt des nouvelles?

— Avant huit jours, je m'y engage.

— Écrivez au *Curare* : c'est plus sûr qu'à mon
domicile.

Le jeune homme, en partant, salua dans l'antichambre Turniquel père et se dit : « Il vient
pour hâter le mariage. Il était temps de m'inter-
poser. Bah! j'ai maintenant une bonne auxi-
liaire. »

— Je devine l'objet de votre visite, mon cher
ministre. Il s'agit de notre Félix. — Mme Toupin
des Mares approcha du vieux diplomate un fauteuil
qui ne craignait rien, car ses mouvements si vifs
étaient la mort de la soie Louis XVI.

— Vous tombez juste, ô la plus rusée des amies,
la plus vigilante aussi et la meilleure! — Célestin
Turniquel, ayant baisé les cinq petits boudins, s'assit puis se releva, rabattit les pans de la redingote
qui moulait son corps maigre et nerveux, se rassit, et commença enfin : « Notre Félix, comme
vous daignez l'appeler, délicieuse amie, est à
l'heure où je parle dans l'alternative de faire son

bonheur ou son malheur. Je n'ai pas à vous vanter les qualités extraordinaires et précoces de mon
fils : je ne vois guère que Pitt à qui l'on puisse le
comparer. — Pauvre William, que mon père aimait
tant ! — Et je vous prie de croire que j'énonce là
une opinion très dégagée de tout préjugé paternel
et que partagent la plupart des membres du corps
diplomatique, nos ministres et surtout les femmes
de nos ministres...

Mme Toupin des Mares réfléchit que la conversation, s'il ne survenait point un libérateur, allait
durer jusqu'au soir. D'autre part, l'exposition des
Chevaliers de Jérusalem retenait la plupart des ha-
bitués du jeudi. Comment échapper à cette furie
anecdotière et digressive ?

Célestin Turniquel en était à l'éloge de maître
Blétin : « Il a un esprit d'enfer, analogue à celui
de Henry, mon brave Mürger, qui nous amusait
tant pendant notre expédition au pôle, par ses
remarques sur les morses et les icebergs. Il a fait
sienne cette entreprise. Il a, je crois, gagné le papa
Houdraye, que flatte naturellement l'hypothèse
d'entrer dans la vieille famille Turniquel. Car il y a
cent cinquante ans, chère amie, que nous sommes
républicains de père en fils. Comme le temps file ! »

« Il n'y paraît pas », songeait Mme Toupin des Mares. Sa distraction s'occupa de Gréveuille, l'ingrat qui affichait la petite Grivaudan. Il regretterait sa lâcheté. Cette bavarde-là n'entendait rien aux lettres. Elle serait incapable de donner un bon conseil, d'indiquer l'épithète à effet, le chapitre *Public* et le chapitre *Élite*. Puis elle n'avait pas de salon et elle ne saurait jamais en créer un. Une modulation plus aiguë de la voix de Turniquel la réveilla : « Croyez-vous comme moi que Mlle Claire Houdraye soit l'épouse idéale de Félix?

— Certainement, certainement! Qu'est-ce qu'ils ont donc tous à courir après cette jeune fille? se dit Mme Toupin des Mares.

— Je sais qu'elle a des allures libres, de garçon, qu'elle sort seule, qu'elle reçoit même des amis boulevard Malesherbes. Mais mon vieux George, George Sand était ainsi. Pourtant c'était l'être le plus chaste qui fût, et j'en ai la preuve certaine, car elle me repoussa toujours. Ma parfaite amie! ma bonne et chère Louise! — il ressaisit la main potelée, — je compte sur vous. Et, suivant l'habitude de Jean Turniquel, mon père, j'ajoute une anecdote...

— Mon Dieu! que l'esprit de famille est une

chose terrible! soupira intérieurement la victime
de cette pluie verbale. Elle s'abrita dans la sur-
dité, ne reçut plus que quelques gouttes : « A
Buda-Pest... Le roi... répondit : Sire... En Sibérie...
Mon oncle... Pauvre Bismarck!... Un lion... Sur
mon honneur. » Puis elle sentit ses mains dans
deux petites pattes raides et nerveuses, et elle
comprit parfaitement que le brave, l'excellent
Célestin Turniquel la priait d'intervenir en faveur
de Félix auprès de Claire Houdraye. Se rappelant
les paroles de Sivreuse, elle eut une seconde de
joie orgueilleuse et se jura bien de tenir sa promesse à l'égard du sympathique et pervers directeur du *Curare*. Même, pendant que Turniquel
père énumérait les avantages de cette union, elle
combinait ses efforts inverses auprès de Claire :
« Ma chère petite, voulez-vous donner trois millions
et votre charmante personne à un niais qui n'aime
que lui et vous apportera en échange le ridicule, une barbe et des breloques? » Elle devina
une interrogation précise. Les yeux du vieux diplomate suppliaient. Elle le trouva dégoûtant et
cupide, et répondit : « Oui! oui, » très vite pour s'en
débarrasser. Il insistait encore : qu'est-ce que cela
signifiait? Elle ouvrit les oreilles : « Je redoute

10

pour lui cette jeune personne. Elle est princesse,
n'est-ce pas? princesse de Fourvandières. Quoique subtil, il est si naïf! Guillaume, le vieil em-
pereur, me confiait qu'il avait eu un mal infini à
secouer une liaison de trois années avec une
petite chanteuse de Leipzig. » Et Mme Toupin des
Mares dut encore promettre qu'elle écarterait
Suzu du chemin de Félix.

— Monsieur Cardon !

— Quelqu'un enfin ! La maîtresse de maison
eut un sursaut d'allégresse : « Que je suis heureuse de vous voir, mon cher maître ! Cette exposition de Jérusalem me cause un tort, un tort !
M. Cardon, notre illustre graveur, aqua-fortiste
et peintre ! M. Célestin Turniquel, ministre plénipotentiaire ! »

Cardon était un grand garçon brun et mince, à
l'air rogue et maussade. Dans sa longue tête,
tous les plis tombaient, les yeux vers le nez, le
nez vers la bouche, et la bouche vers un petit
croûton de menton divisé en deux par une fos-
sette d'où partaient quelques poils. Sa mise était
négligée, ainsi qu'il convient à un homme qui
passe les nuits dehors, autant par nécessité que
par kamtchatkisme.

— Vous êtes en bonne place, n'est-ce pas ?

Mme Toupin des Mares montrait à l'auteur són tableau, ornement du sal^n.

— Le Trouguin lui nuit! répondit-il sèchement.

Il y eut un silence. Le père Turniquel semblait dépité de cette visite, car il avait encore des propos à tenir sur Félix. Cardon, qui était anarchiste, lançait des regards furieux à ce sale bourgeois plénipotentiaire, à ce mangeur de pauvres, à ce repu.

Mme Toupin des Mares lui demanda aimablement : « Avez-vous vu l'exposition de Jérusalem, monsieur Cardon ? » Il mâchonna entre ses dents : « Tous des farceurs, des symbolistes! »

— Mais, vous-même, il me paraît, monsieur, insinua imprudemment Turniquel père, sacrifiez au dieu Symbole ? — Et il désigna l'œil, le pont et la tête de mort, là-bas sur le mur.

— Ça, des symboles! Cardon haussa les épaules. C'est tout ce qu'il y a de plus réel au monde, mossieu. L'œil est dans la nature, j'imagine, le pont aussi, la tête de mort aussi.

Mme Toupin des Mares se hâta d'intervenir : « M. Cardon, qui est un maître, a un procédé

de travail tout à fait admirable. Si, si! vous
m'avez expliqué cela un jour. Il laisse se former
dans sa *mentalité* des cauchemars, et ce sont ces
cauchemars qu'il nous montre, avec quelle vigueur, quelle audace!»

Le père Turniquel voulut tout concilier: «J'avais
un ami, monsieur, dont la méthode se rapprochait de la vôtre. Nous partions à la campagne.
Ah! nous n'étions pas riches en ce temps-là!»
— Le vieux diplomate espérait ainsi amadouer son
interlocuteur; mais celui-ci était résolu. — «Nous
avions à nous deux quelque chose comme trois
francs cinquante en tout.»

— Il y a beaucoup de pauvres bougres qui
n'en ont pas autant, interrompit l'adorable Cardon.

— C'est vrai. Mais nous étions jeunes, ivres
d'illusions, de plein air, et contents d'un bout de
fromage. On arrivait à Fontainebleau. Gustave
choisissait son site. Puis il s'endormait, et au
réveil il dessinait son rêve. C'est ainsi que la
plupart de ces magnifiques planches signées Gustave Doré, que...

— Ah! Gustave Doré! en voilà un filou, un
chapardeur, un raté! grogna Cardon. Ah! vous
emmeniez Gustave Doré à la campagne? Eh bien!

je ne vous félicite pas. Ses forêts c'est du mar-
gotin, et sa fantaisie est d'un pleutre ! Ça ne
vaut pas vos trois francs cinquante.

Célestin Turniquel, interloqué, protestait dou-
cement : « Je vous assure que dans ses bonnes
planches... »

— Où sont-elles ses bonnes planches? rugit
le graveur-sociologue. Il fait partie de l'ignoble
séquelle bourgeoise qui a désolé l'art de ce
siècle. Voilà les gaillards qu'on doit brûler, massacrer, faire sauter, même en effigie. Gustave
Doré, je le hais! Vous m'entendez, monsieur: je
le hais !

— C'est vrai qu'il est un peu pompier. concéda
Mᵐᵉ Toupin des Mares.

— Un peu! un peu! Dites que c'est le roi des
pompiers, la pompe elle-même ! Ah ! le gueux,
le bandit, l'infâme !

Cardon devenait extatique, et son regard était
aussi terrible que celui du pont et de la tête de
mort. Turniquel père, épouvanté par cet ouragan,
eut recours à un procédé qui lui avait déjà réussi
dans plusieurs circonstances graves, notamment
lors de la Diète d'Insprück. Il tira sa montre, et
bondit sur ses petites jambes encore alertes:

10.

— Ciel ! je m'oublie ! Adieu, parfaite amie. Je
compte sur vous. Au revoir, monsieur ; enchanté
de votre connaissance et au regret de ne pouvoir
continuer la conversation !

— Je ne la regrette pas, moi, la conversation !
affirma Cardon dès que le vieillard fut sorti. Ah !.
je le lui ai joliment rentré, son Gustave !

Mme Toupin des Mares riait encore quand on
annonça Gréveuille. Cardon avait le romancier en
terreur. Il disparut aussitôt avec affectation.

— C'est moi qui le fais fuir ? Il est bien sauvage
pour un cynique ! D'ailleurs sa fuite m'enchante.
Elle nous laisse en tête à tête et j'ai beaucoup de
choses à vous dire, Louise. » Il voulut lui prendre la main : elle la retira et elle fixait sans répondre ce visage à deux profils qui symbolisait
la fausseté.

Un peu décontenancé par cet accueil, il insista :

— Depuis quelque temps c'est une fatalité : je
ne vous rencontre qu'en public.

— Et au bras de Mme Grivaudan. Vous êtes
plus décidé dans vos sympathies que je ne
croyais, mon cher. C'est à peine si vous m'a-
vez adressé la parole tout à l'heure.

— Je comptais vous rendre visite.

— Vous avez un service à me demander?

— Vous êtes injuste et sévère. Non, j'ai une nouvelle à vous apprendre, désagréable pour nous deux. Je m'absente de Paris.

— Le motif?

— Mon travail. Une étude commandée pour une revue américaine, urgente, sur les *Préraphaélites*.

Gêné par ces regards qui le dévisageaient et cette bouche ironique, il baissait le nez, pataugeait dans son mensonge: « Je vais à Florence! »

Florence est à la fois le Paradis, la Mecque et l'excuse des Kamtchatka: « Je vais à Florence », cela signifie: « Je me hisse au-dessus des autres hommes, je me sépare de la foule, j'emporte ma tour d'ivoire! » Quiconque n'est pas allé à Florence n a droit à aucune considération, à aucun égard. C'est un individu sans nom et sans baptême. Puisqu'il n'a pas vu Botticelli ni ses congénères, qu'il n'a point passé aux « Uffizi » des journées de religieux enthousiasme, il ne mérite plus la qualification d'humain, il n'a que faire sur la planète. Florence, c'est le *Bayreuth* italien, la consécration nécessaire. Celui qui revient de Florence est marqué du signe mystérieux, comme celui qui a entendu *Parsifal.* Il a un aspect nou-

veau, une odeur nouvelle. Quelles que soient
désormais ses erreurs, ses écarts, il est Kamtchatka et restera Kamtchatka. Le diplôme est
indélébile.

C'est ce qui explique comment cette déclaration plongea dans la stupeur Mme Toupin des
Mares. Mais la colère l'emporta. Elle eut un petit ricanement nerveux, indice des grandes tem-
pêtes, et Gréveuille, tel l'arbre avant l'orage, frissonna : « Ah! vraiment, vous allez à Florence? Et
vous y allez seul? Car on ne peut tenir pour une
compagnie celle de Mme Grivaudan. C'est elle qui
rangera les valises, comptera avec la blanchis-
seuse, consultera le Baedeker et retiendra les
sleeping-cars. Elle s'entend à tout. Elle a vécu
avec un juif. C'est une camarade commode, por-
tative, et dont je vous félicite. »

— D'abord, qui vous dit que j'emmène Mme Grivaudan? murmura Gréveuille, gêné comme un
enfant pris en faute.

— Qui me le dit? Votre embarras, votre nez
plongeant, votre attention à vos souliers. D'ailleurs vous avez tort de vous troubler ainsi. » — La
voix se fit sifflante, toute la colère de la grosse
personne filtrant par un étroit goulot. — « Vous

êtes célèbre, considéré. Il est juste et naturel que vous abandonniez vos amis, ceux de la première heure. Vous vous plaisez à répéter que vous n'aimez point les caractères exceptionnels, qu'ils portent peu sur le public. En ce moment vous rentrez dans la règle. Je suis tranquille, vous porterez sur le public. Vous n'avez pas dit votre dernier mot avec le *Cœur vide*. »

Comme les deux profils de Gréveuille étaient dissemblables, ils se coloraient diversement. Celui de droite devint donc jaune, tandis que celui de gauche passait au rouge vif. Si plongée dans l'artificiel que fût Louise Toupin des Mares, il y avait de la douleur dans ses réclamations. Elle s'était attachée sincèrement à Gréveuille. Elle l'aimait comme garant aux yeux des Kamtchatka, et aussi pour ce qu'elle lui avait donné, pour sa défense tant de fois prise, pour des souvenirs en commun, pour l'illusion du désir et de l'amour. Ses joues tremblaient, ses paupières la piquaient. Elle dut songer à Sivreuse et aux théories indifférentes et perverses pour se raffermir.

— Vous me regretterez peut-être! J'étais bonne à enrayer les attaques; j'attelais à votre char de jeunes chevaux rétifs, car vous n'ignorez point

que votre situation auprès de la jeunesse est
détestable. En ai-je soutenu des assauts à votre
sujet! Souvent à contre-cœur. Vous pensez bien,
n'est-ce pas, que ni votre style ni vos sujets ne
sont assez raffinés pour mon goût, mes habitudes
d'art?

L'auteur, qui d'ailleurs ne sommeillait guère,
se réveilla chez Gréveuille : « J'ai d'autres suffrages, heureusement pour moi! »

— Ils sont coquets, les autres suffrages! Celui de
Mme Grivaudan. Apprenez, mon cher, qu'elle a été
une fervente d'Ohnet, une fanatique de Rabusson,
et que son goût réel est pour les romans d'Eugène
Suë et de Dumas père. Elle me l'a avoué un jour
en plein salon.

— Encore un coup, il ne s'agit ni de Mme Grivaudan ni de ses préférences. — Gréveuille baissa
le ton, parce qu'il avait envie de hurler. — « J'ai
une besogne : Florence est mon outil, je cours à
mon outil. J'ai la gentillesse de vous prévenir, et
cette triste inspiration me vaut un déluge de reproches immérités.

—Immérités! Ah! Léonard, quel aveuglement!
quelle inconscience! » — La pauvre femme, vaincue, fondit en larmes, et celles-ci suivaient le tra-

jet même de la sueur, superposaient leurs gouttelettes et lavaient le visage. — « Je vous ai toujours pardonné ; je sais ce qu'est une âme d'artiste et l'incroyable « égotisme » qui sert le talent. Mais vous dépassez les bornes ! Vous vous ferez haïr, et je m'en voudrai de vous haïr, et un jour vous me supplierez de vous reprendre. Il sera trop tard, je ne pardonnerai pas !

— Qu'est-ce que c'est ? qu'est-ce que c'est ? — Une porte latérale s'ouvrit à l'improviste. Marcel Toupin des Mares entrait, la stupeur peinte en rond sur sa ronde figure, les yeux écarquillés. Au son de cette voix robuste, Gréveuille se sentit mal à l'aise et prit un air penaud : « Tu pleures, Louise ? C'est le psychologue qui te fait pleurer ? Allons, parle ! Je l'exige. »

— Non ! non ! tu le gronderais trop !

— C'est donc vous qui parlerez, Gréveuille, qui ferez votre confession à papa Toupin, et gare à vous s'il y a de la casse ! » Le trapu marchand de suif tendit vers le romancier un index lourd comme un bâton.

Gréveuille eut un sourire faux : « Mme Toupin des Mares croit que je trahis votre amitié parce que je vais à Florence.

« — A Florence? quoi faire à Florence?

« — Étudier les *primitifs*. On m'a demandé un article.

« — Ta, ta, ta! je ne suis pas une buse. Je flaire le lièvre au gîte. Vous allez promener une petite femme! » Et l'implacable doigt entra dans les côtes de Gréveuille : « Ah! farceur! lâcheur! Je te l'avais toujours dit qu'il ferait des frasques. Je les connais, moi, les stylistes! Mais pas de ça, Lisette! Vous n'allez pas porter le trouble dans mon ménage! Ah! mon gaillard, vous vous imaginez que je vais me mettre en quatre pour vous nourrir, vous verser mon saint-estèphe et recevoir ici vos amis, qui font un bacchanal d'enfer, racontent jusqu'à des quatre heures du matin des histoires qui m'assomment et me tapent de vingt francs au départ? Vous vous figurez que je dépenserai ma pauvre galette à seule fin de vous distraire et d'avoir la paix chez moi, et que, crac! un beau matin, vous vous trotterez en bombe à Florence, me laissant sur les bras Mme Toupin en larmes? Eh mais! vous n'avez pas la trouille; non, par l'orteil de mon oncle, vous n'avez pas la trouille! »

Gréveuille en effet n'avait pas cette maladie bizarre dont le nom revenait sans cesse dans les

discours de son ami Toupin, et, plein de navrement,
il fixait alternativement sa Muse et le mari de sa
Muse, cherchant une échappatoire. Il crut l'avoir
trouvée : « Dès mon retour, nous ferons une petite
partie en famille ! » Mais le marchand de suif fut
implacable :

— Il n'y a pas de petite partie. Je vous ordonne
de rester ici ! Je vais prochainement marier ma
fille : vous serez son témoin. Un témoin ne va pas
à Florence. En voilà des manières. Monsieur a ses
lubies. Il veut goûter de la liberté ! Est-ce que j'en
goûte, moi, de la liberté ? Je suis à vos ordres. Je
vous rends tous les services possibles : Mon Toupin
par-ci ! mon Toupin par-là. Ce que j'en fais, c'est
pour Louise, qu'elle se tienne tranquille, qu'elle
me laisse en repos. Si votre article est commandé,
décommandez-le : je vous en trouverai des dou-
zaines, moi, de sujets d'articles, et je vous empê-
cherai de vous galvauder. Le côté commerce, ça
me regarde. Vous êtes une valeur : je vous mets
en rapport. Sans moi on vous grugerait, on vous
duperait, vous le savez bien. Allons, faites la paix !
Bonsoir, Florence ! Bonsoir les bêtises ! Tombez
aux pieds de Louise, et je vous emmène tous dîner à la Cascade.

11

Gréveuille comprit que la résistance était impossible. Il eut un geste évasif et désolé.

— Tu vois, tu vois : il cède, s'écria Toupin, et, voyant sa femme à peu près consolée, il ajouta : « Ça n'est pas un mauvais garçon, mais de temps en temps il faut le graisser pour qu'il marche! Les hommes sont comme des ressorts. Eh, eh! n'est-pas, psychologue? comme des ressorts! »

IV

Après le déjeuner et avant que Jacques Sivreuse ne partît pour sa revue, M. et Mme Sivreuse
et ce fils unique et adoré avaient coutume de ba-
varder quelques instants. Leur *bavardoir* était le
salon au premier, boulevard Haussmann, ample
et spacieux, éclairé par quatre fenêtres, mais
extraordinairement bourgeois, décoré de soieries
communes, de housses et de bronzes de Barbe-
dienne qui désolaient le goût raffiné du psychologue :

— Maman, pourquoi des housses ? C'est abominable ! On n'en voit plus que chez vous. La province
elle-même les abandonne.

— Mon enfant, ton père y tient absolument.

Le père était un gros monsieur d'une soixantaine
d'années à tête de Romain, à larges méplats, au
front et au menton volontaires, qui avait fait jadis
de bonnes affaires dans les draps et maintenant
vivait de ses rentes. Il était le type complet de
l'individu posé, raisonnable, qui *n'aventure rien,
ne laisse rien au hasard, ne traite rien à la légère,
sait ce que parler veut dire*, et il employait ces
expressions avec des gestes appropriés qui décou-
paient l'espace en parties égales, symétriques,
capables de recevoir chacune son axiome, sa
formule, sa sentence. De son lever à son coucher, l'existence de l'excellent papa Sivreuse était
une merveille de méthode et de précision, qu'il
détaillait avec complaisance, interrompant son
discours de petits « Ha! » qui signifiaient :
« Voilà comme je suis, et je m'en trouve bien, » et
des bouffées du gros cigare qu'il mâchonnait tout
en parlant: « Je saute à bas du lit. Aussitôt, lave-
toi, mon bonhomme! Eau froide pour la figure,
chaude pour le reste. Puis, le chocolat et mon
croissant, que la ménagère a soin de garder à
température constante. Je lis les journaux, le
Figaro et le *Journal*, pas un de plus, pas un
de moins. Cela suffit à ma curiosité. Le temps

passe tout doucettement. Il est onze heures : je
fais un petit tour, histoire de prendre de l'appétit.
Je flâne... Ha!... Je rôde aux devantures. Je
questionne les bouquinistes. Je rentre : maître
Gaster s'émoustille. Je déjeune d'un poisson, soit
d'un œuf à la sauce, ou d'un peu de viande,
certains légumes, mais rien de plus, et le café,
un sucre ou deux, selon ma fantaisie. Alors la
sieste. Je vais à mon cercle, à petits pas, humant
l'air, tirant maintes bouffées. J'arrive. Je cause
avec l'un, avec l'autre. Surviennent les amis. La
partie s'engage. Quand elle languit, je prends le
Temps ou les *Débats*, et je cours de suite aux
dernières nouvelles... Ha!... Rien de spécial à
noter. Alors je choisis un théâtre. Je rentre,
je le propose à ma femme. Dîner : le potage,
une viande, selon la saison un gibier ou quelque
plat de ma façon, un légume pour se curer les
dents, tantôt une salade, tantôt un dessert. Là
tasse de thé, et fouette cocher! à l'Opéra, aux
Français ou au Palais-Royal pour quelque gar-
gaillardise. Sinon, lecture au coin du feu; Mon-
taigne, Racine, une nouveauté. La bassinoire,
et au dodo! Troisième hypothèse : la réunion
d'amis. Un peu de musique, un bésigue, la cau-

serie. Nous voilà ramenés au point de départ. Je
dors comme un cadavre, et le lendemain... ha!...
je recommence. »

Jacques Sivreuse redoutait ces récits intermi-
nables et s'efforçait de ne point les provoquer.
Mais la lecture du *Curare*, que le bonhomme
accomplissait religieusement, révoltait son bon
sens et lui faisait saccager à coups d'axiomes bien
sentis les précieuses constructions des Kamtchatka : « Encore ce Burne-Jones! Qu'est-ce
qu'il a donc après Burne-Jones, ton Adolphe
Judas? Je comprends qu'on peigne ce qu'on a
sous les yeux: les bocages, les sources, les eaux
vives, les cimes des montagnes. Mais ce retour
à la féerie, aux contes de Ma mère l'Oie, aux
absurdes croyances... ha!... ce n'est guère de
mon goût. »

— Mon pauvre ami, tu n'entendras jamais
rien aux efforts des jeunes : Burne-Jones est un
auteur symbolique.

Ainsi ripostait Mme Mélanie Sivreuse, laquelle
était gagnée corps et âme aux doctrines des
Kamtchatka et avait pour son fils une sorte
d'adoration stupéfiée.

— Symbolique! symbolique! Définis ce terme.

Quand je bouche la carafe, c'est un symbole. Quand je me mouche aussi. Et, pour ces naïves opérations, je n'ai besoin ni de farfadet ni de sylphe.

— C'est que, mon père, ajoutait Jacques, vous n'avez point l'imagination mystique.

— Ah! certes non! et je m'en vante. Une cellule, un pain dur et le cilice, cela ne rentre point dans mon système. Dans le tien non plus, je suppose? Et, si j'avais été un mystique, qui ferait les frais du *Curare?*

— La mystique est un état d'esprit. On est mystique dans un salon aussi bien que dans une cellule.

— Mystique pour rire! le ventre plein, les pieds aux chenets, le cigare à la bouche.

Mais c'étaient surtout les théories anarchistes ou socialistes qui mettaient hors de lui le ponctuel, le méthodique rentier :

— Vous faites l'éloge de Ravachol maintenant dans le *Curare!* C'est du joli. Voilà où passe mon argent. « *Je souhaïte,* s'écrie ton rédacteur, *je souhaite qu'on étripe prochainement la majorité des bourgeois, et qu'on se nourrisse de leurs boyaux!* » Sais-tu bien, mon gaillard, que je suis de ces bourgeois, que tu en es, et que je me trouve un peu imbécile de sacrifier deux mille francs par mois à cette apologie de l'extermination ?

— Mais, mon père, je ne puis cependant empêcher mes collaborateurs d'exprimer leurs idées !

— Et quel est ce coco si farouche ?

— Ernst Wallenstein : il a du style.

— Ah ! elle est bonne ! elle est sublime ! — Et le père Sivreuse éclatait d'un vaste rire où toute sa bonté foncière apparaissait. — Le fils de la baronne Wallenstein et du banquier Wallenstein, le plus rapace animal de la Bourse, demande qu'on dévide les boyaux des bourgeois ? Qu'il commence par ceux de sa famille ! Tu es un fameux naïf d'insérer sa prose à ce pantin-là ! Moi je le ferais payer cent francs la ligne. Il a les moyens ! Ah ! le petit Wallenstein est anarchiste ! Ah ! ah !

Mme Mélanie Sivreuse haussait les épaules : « On a le droit d'être un théoricien ! »

— Un théoricien ? Qu'il distribue donc aux pauvres l'argent volé par son papa ! Ce sera un bon début pour régénérer la justice sociale. Ces pirates-là sont admirables. Ils ruinent tout le monde avec des spéculations malhonnêtes, et, pendant ce temps, vogue la galère! leur progéniture pousse à la révolution. Ils méritent bien leur surnom de Kamtchatka. Ce sont de vrais sauvages.

— Ce que tu dis, Auguste, n'est point aimable pour Jacques. Tu sais bien que, lui aussi, on le traite journellement de Kamtchatka.

— Excuses, en ce cas, mon garçon! Mais la verve de tes amis m'échauffe la bile.

Mme Sivreuse était une petite femme au visage étroit, aux yeux brillants, au nez mince, à la bouche mince qui, dès qu'elle souriait, laissait voir des dents menues, resplendissantes. Exacte ménagère, vertueuse dans sa vie et citée comme un modèle par toutes les maîtresses de maison de sa connaissance, elle recélait au fin fond d'elle-même, dans ces grottes de l'âme que l'on n'explore qu'en tremblant, un monstre singulier, d'une dureté, d'une cruauté, d'une perversité effroyables; monstre engourdi, dont les très rares mouvements ne se manifestaient qu'à l'occasion de circonstances futiles.

Elle adorait la mort, le crime et toutes les tragédies masquées qui courent à travers les conventions mondaines. A l'annonce d'un désastre,

et tandis que son visage exprimait une feinte
compassion, elle avait un sourire intérieur, une
joie de carnage. A côté de ce mari prud'homme
elle avait passé une existence régulière et chaste,
où les plaisirs étaient, comme le reste, exactement
mesurés ; mais, par l'imagination, elle s'était livrée à toutes les débauches. Elle avait des minutes d'angoisse où elle craignait de voir ses
combinaisons vicieuses prendre forme et s'élancer
au dehors, et quand, la nuit, dans le lit conjugal,
en proie à la fièvre et les yeux grands ouverts,
elle réveillait la masse raisonnable et maniaque de
son mari, celui-ci serait mort de terreur s'il avait
entrevu les spectacles qui défilaient dans cet esprit satanique. Elle avait juste assez de religion
pour jouir du sacrilège, et pendant la confession
elle insultait mentalement le prêtre. De chaque
personne qu'on lui présentait elle se faisait une
représentation voluptueuse, et ses fantaisies obscènes dépassaient souvent l'humanité. Étrange
mystère de l'intellect! lugubre série de mirages
qu'elle eût parfois voulu écarter, mais qui s'atta-
chaient à elle avec une force hallucinatoire! La
rue lui était un fléau, une torture. Elle rentrait, et
seule, distraite, un livre entre les mains, elle

combinait des horreurs sensibles. Puis venait
une phase de remords, qu'elle savourait lentement. Et toute cette énergie demeurait en elle,
close à jamais, sans fenêtres, comme un poison
dans une bague bourgeoise. Elle traversait l'existence d'un air calme et paisible, de mœurs irré-
prochables et chargée du plus obscur bagage
d'atrocités muettes qu'il fût possible de conce-
voir.

Ainsi cette perversité que par dilettantisme affichait Jacques Sivreuse avait chez lui, grâce à l'hérédité, une racine réelle. C'est la singulière destinée des *Kamtchatka* que leurs artifices recouvrent
souvent un germe dévié, une tendance vers les
louches et malsaines régions où ils élèvent à grand
tapage leurs palais fictifs. L'image finit par créer
son objet. Un beau matin, ils se réveillent victimes de leurs déguisements, qui se collent à leurs
corps et les brûlent.

A Mme Sivreuse l'univers était indifférent,
mais son fils unique était cher, et cet amour
maternel lui semblait une excuse, une sauvegarde.
Elle épiait les moindres désirs de son Jacques et
s'efforçait de les satisfaire. Elle était vis-à-vis de
lui d'une faiblesse extrême, et ne pouvait rien lui

refuser, sauf en ce qui concernait la rénovation de
l'ameublement, car alors elle se heurtait aux vo-
lontés inflexibles de son mari. Une fois par mois
elle recevait les rédacteurs du *Curare*. Elle leur
faisait fête, écoutait patiemment leurs théories
étranges, leurs affirmations outrancières, leurs
éloges du vice, des combinaisons troubles. Hélas!
elle avait dépassé ces stades enfantins, et, tandis
qu'ils développaient les thèmes les plus anarchi-
ques, elle se remémorait une seule de ses imagi-
nations destructives, et prenait les éphèbes en
pitié...

Quelques jours après la visite de Sivreuse à
Mme Toupin des Mares, le jeune directeur, nonchalamment assis dans le *bavardoir*, s'efforçait
de convaincre son père de la nécessité d'augmen-
ter de cinq cents francs par mois la subvention
dont vivait le *Curare*. Mme Sivreuse appuyait
cette demande, mais Auguste Sivreuse résistait
désespérément : « Tu me coûtes déjà les yeux de la
tête, Jacques! Ce n'est point raisonnable. Tu nous
ruines pour un tas de croquants qui te grugent et
t'exploitent, comme Adolphe Judas et Désiré Feutrasse, ou de petits millionnaires comme Wallenstein, qui devraient participer au capital social.

Je suis un ancien commerçant, je m'en vante ; je
m'entends aux affaires. Du train dont vous allez, et
avec les suppléments en couleur et les tirages à
part sur japon, vous serez à sec dans deux ans.

— Mon père, répondait le psychologue, nous
traçons notre chemin. Le stupide public vient à
nous peu à peu. Il se détourne des habituels fai-
seurs qui l'alimentent, et se rafraîchit aux proses
sincères, aux versifications nouvelles.

— Des histoires, des contes à dormir debout !
Je suis le public, moi, l'idiot lecteur du *Temps* et
des *Débats*, et je t'affirme que vos criailleries ne
m'empêcheront pas d'acheter les livres qui m'a-
musent et de ne pas acheter ceux auxquels je
ne comprends rien.

— Auguste, tu n'es pas de leur âge : tu ne peux
les juger, déclara Mᵐᵉ Sivreuse.

— J'ai eu leur âge ; j'ai fait mes études, des
humanités suivies et régulières. Ah ! je vous avoue
que nous n'avions point de ces billevesées ; à
telles enseignes que nous respections les grands
écrivains et que, les jours de vacances, tantôt l'un,
tantôt l'autre, emportait son Musset, en décla-
mait quelques vers aux camarades et nous tirait
les larmes des yeux.

—Enfin, mon cher père, vous refusez cette subvention supplémentaire ?

— Je réfléchirai : je ne prends point de décision à la légère. Les idées s'embrouillent. On ne fait rien de bon. Le lendemain, on regrette. Mais c'est fini, mon bonhomme ! Tu peux te marteler. La machine est en route. Nous nous consulterons, ta mère et moi.

— Au revoir alors, et à demain !

Jacques Sivreuse s'étira, se leva, embrassa ses parents et disparut dans sa chambre. Cette pièce, précédée d'un confortable cabinet de travail, lui appartenait. Il avait pu la meubler et l'orner à sa guise. Au mur, laqué bleu comme chez de Fries, étaient suspendus un Pusquet de Gril et l'inévitable Cardon. Sur la table s'empilaient des livres à couvertures étranges et dont il relisait les dédicaces avec orgueil : « A Jacques Sivreuse, en hommage de longues admirations et de réminiscence. » — « A mon cher directeur, tel que convient ce laudatif souvenir. » — « A la compréhension de Sivreuse, ces morceaux d'étoiles pour la distraire. »

Le jeune homme s'assit et découpa, dans du papier écolier, deux feuilles. Sur la première, il écrivit, en contrefaisant les lettres et le style :

« *Mademoiselle, Paul Lermy ne vous aime point. Il n'aime que vos millions. Il le répète partout. C'est Rose Coindart qui l'entraîne.* Signé : Un ami. » Sur la seconde : « *Monsieur, Mlle Houdraye reçoit chez ellé des visites secrètes, notamment celle de M. Félix Turniquel, son amant et son futur mari.* Signé : Un guetteur de jour et de nuit . »

Il glissa ces chefs-d'œuvre dans deux enveloppes grossières, n'oublia point les adresses : *Mademoiselle Claire Houdraye, Monsieur Paul Lermy,* etc., et, satisfait de son ouvrage, il se regarda dans la glace. Adorable contemplation! ses yeux luisaient de malice vaniteuse. Sa moustache blonde, ses cheveux blonds, disaient aux lèvres et au crâne : « De quel délicat assemblage nous avons l'honneur de faire partie! » Le nez aussi paraissait content. La cravate était bien en place, et la jaquette n'avait pas un pli. Il souleva une légère tenture, et, dans son cabinet de toilette, se vaporisa savamment. Le navire ainsi pavoisé, il le lança sur le boulevard.

Les bureaux du *Curare* étant rue de Valois, le jeune homme descendit l'avenue de l'Opéra. A la devanture d'un libraire, il s'assura que sa revue était en bonne place. Le gai soleil parisien faisait toutes les femmes pimpantes et de chacune d'elles un gracieux petit univers de frivolité et de frissons. Sivreuse les dévisageait avec une impertinence exquise, brunes ou blondes, mais toutes accessibles à ce regard vainqueur et déconcertant. Il énumérait mentalement ses nombreuses maîtresses, leurs fantaisies, leurs petites habitudes. A toutes il avait laissé quelque chose de lui-même, de ses mépris, de ses préférences. L'idée que la princesse de Fourvandières attirait dans ses réseaux Turniquel l'amusa. Le diplomate aurait là fort à faire. Et quelle désillusion quand Suzu, si experte à palper les poches, ne trouverait dans celles du secrétaire d'ambassade que de la suffisance monnayée! Les trois millions de Claire Houdraye dansèrent alors devant son désir, et, s'arrêtant à un bureau de poste, il timbra ses lettres anonymes, les jeta dans la boîte sans un remords. Ce dernier sentiment fut inconnu à Bonaparte. Avec trois millions et les rentes paternelles on pourrait tenter de grandes aventures, acheter des consciences, secouer l'indifférence des Parisiens, l'apathie du public, la sottise universelle.

Quand Sivreuse arriva au *Curare*, le groom garçon de bureau, rusé gamin à mine narquoise, le prévint qu'un grand monsieur attendait déjà depuis une demi-heure. Le psychologue prit la carte : *Arthur Véronisse, philosophe.* « C'est bien ! Qu'il attende encore ! » Et il entra d'un pas de conquérant dans son cabinet de réception, noir, austère et sévère, ainsi qu'il convient au directeur d'une revue d'avant-garde.

Il dépouilla son courrier : des prospectus, quelques demandes d'argent, une invitation à dîner. Mais tout à coup l'écriture de Mme Toupin des Mares le fit tressaillir. Voici ce que disait son associée :

« Mon très cher Sivreuse, j'ai suivi vos intentions de point en point. Je n'ai pas vu la demoiselle; mais je lui ai écrit six lettres, et la septième part avec le même courrier. Dans chacune je fais votre éloge. Rougissez, démon ! J'exalte vos vertus et fais tourner votre buste de telle sorte qu'il faudra bien qu'elle l'admire. Je vante votre naissance, — Hum ! hum ! pensa Sivreuse, — vos

12.

aptitudes, votre physique, et j'insiste sur votre
ambition, car toutes ces petites bergères vou-
draient être des reines. Par la même occasion, je
déchiquette le peintre. Je rappelle sa liaison avec
Rose Coindart, notoire et comique. Je le ridiculise
à petits traits, et j'envenime assez son profil pour
qu'il devienne parfaitement odieux. Le père Turniquel serait émerveillé de ma diplomatie. Heureusement que le pauvre cher homme est à cent
mille lieues de soupçonner cette correspondance,
car, l'autre jeudi, vous à peine dehors, il entrait
et me demandait mon appui, devinez près de qui?
De l'objet de vos malsains désirs, son Félix ten-
dant au même but. J'ai promis, et je jouis du
parjure!

« Jusqu'à présent, j'ai reçu deux réponses éva-
sives. On ne comprend pas mes projets. L'on
s'effare, on compte me rendre visite. C'est l'habituelle tournure des réussites. Mais l'enfant est
fière. Il me faudra ruser. Si je précipite trop les
choses, si mon entremise risque, selon vous, de
paraître suspecte, avertissez-moi. Maintenant un
conseil! Courez boulevard Malesherbes. Faites
votre gerbe des fleurs que je fais germer dans
cette naïve imagination. Tâchez au besoin d'en-

lever la place. Auprès de ces indépendantes, un audacieux souvent l'emporte quand un traînard échoue piteusement. Soyez tel que chez moi l'autre jour, et vous réussirez.

« Je reprends nos combinaisons, nos maléfices.

« Adieu, chevalier !

« L. T. DES M.

« *P.-S.* — Sur tout ceci, du silence ! Mon mari doit tout ignorer. Encore un mot pour un échange, car j'ai mérité vos services. Quelques notes aigres-douces dans le *Curare* sur Gréveuille, notre romancier. Pas de blessures, mais des piqûres. Si cette apostille vous étonne, songez à Mme Grivauden. Je ne tolère point les rivales. Brûlez ceci. »

—Eh mais ! eh mais ! voilà une femme chez qui je n'aurais pas soupçonné tant de zèle ! — murmura le psychologue. — Oh ! !a jouissance de s'entremettre ! Son post-scriptum m'indique qu'elle a confiance en moi. Donc je dois suivre ses conseils : je tenterai l'aventure. J'irai chez Mlle Hou draye. — Il glissa dans son portefeuille le billet parfumé, puis sonna : « Faites entrer M. Véronisse. »

Le philosophe tenait serré entre son bras et sa redingote noire un énorme manuscrit. Il le posa sur la table devant Sivreuse, et, sans s'asseoir, le désignant d'un doigt qui tremblait : « Vous êtes directeur, et je vous conjure de diriger, de verser ma pensée sur le monde. Ceci, c'est le *Requin*. Il aura une suite : *le Navire*, et une terminaison : *le Naufrage*. La femme, toute la femme est là dedans, avec ses embuscades, sa voracité, son insatiable luxure quand, repue, elle s'engourdit au soleil. C'est fait avec des lambeaux de ma chair. Mais la pensée surnage, la pensée flotte, la pensée flotte ! » — Il avait son visage le plus fat ; il humait l'air par intervalles, et sa fébrilité était inquiétante. Sivreuse s'impatienta :

— Combien me laissez-vous de temps pour lire ? Vous savez que je ne demande pas mieux que de vous accueillir ici. Mais nous avons un public exigeant, spécial, habitué à certaines nourritures.

— C'est le pain de vie, le pain et le vin de vie, déclara Véronisse en redressant sa longue taille. Aucune nourriture plus salubre ! Le style est une forêt de pins, aéré comme une cime, vaste, vaste comme la mer.

Il faisait voltiger ses paumes étendues, pour symboliser l'espace, l'immensité.

— Permettez que je jette un coup d'œil.

— Non, non : c'est un ensemble, un bloc, une pyramide. Vous gâteriez l'effet. Comme je dis dans une de mes préfaces, on a abusé du microscope. Oui, on a abusé du microscope.

Sivreuse se sentait embarrassé. Garder le *Requin*, puis le rendre, équivalait à une déclaration de guerre.

— Mon cher, je suis surchargé de besogne pour l'instant. Remportez-le. — Il souleva légèrement le chef-d'œuvre, comme pour lui donner de l'élan. — Mais rapportez-le dans deux mois, deux mois et demi : le terrain sera déblayé. Si vous saviez ce que c'est que de surveiller une revue !

— Comment ! vous refusez d'examiner ?

— Vous ne comprenez pas. Je n'ai pas le temps matériel en ce moment. Votre travail mérite une lecture attentive...

Véronisse soupira : « Attentive, certes, ou mieux, intuitive. J'ai tracé là dedans un portrait indélébile, le portrait de celle pour qui je souffre et qui feint d'ignorer, de celle qui traîne mon cœur à sa remorque. Je le lui ai écrit : « Vous trai-

« nez mon cœur à votre remorque! » C'est bien
cela, le requin : elle est le requin des grandes profondeurs. »

Sivreuse sourit, car il s'agissait de Rose Coindart; mais, comme le philosophe allait prononcer
le nom, il l'interrompit, sachant qu'on déteste
les gens en proportion des aveux qu'on leur a
faits.

—Inutile de me raconter! Demain vous seriez au
désespoir. Du courage! mon cher confrère. Et à
bientôt. Voulez-vous que je vous *le* renvoie? —
Il palpa une fois encore le menaçant manuscrit.

— Oh! non; oh! non. C'est trop précieux! On
vole mes idées. Je les retrouve dix, vingt ans après,
mal traduites. Le socialisme, j'en avais eu le pres-
sentiment. Il a fait son chemin. Tant mieux! La
semence germe : mes enfants grandiront.

Il replaça son enfant sous son bras et parut subitement résigné : « Je sais que c'est une façon
de vous débarrasser de moi. Je ne vous en veux
pas. Je suis habitué aux rebuffades. On se fait à
tout, même au martyre... Méditez bien ceci... :
même au martyre! Adieu... »

Le visiteur suivant fut Edgard de Fries. Il était
nerveux, trépidant, plus bilieux encore qu'à l'or-

dinaire, comme un auteur dont la pièce va comparaître devant ses juges. Sivreuse détaillait son complet de cheviote beige, car de Fries passait pour un arbitre de l'élégance. Sur son nez, le cratère de son révélateur bouton était d'un beau vert. Le poète parcourait les bureaux de rédaction pour solliciter l'indulgence.

Tout en s'expliquant, il caressait de ses doigts fuselés le peu de cheveux roux qui s'élevaient sur les rives de son crâne chauve. Dans maintes circonstances le *Curare* ne l'avait point ménagé. L'aimable revue savait sa susceptibilité excessive. Sivreuse, jaloux de ce noble amateur, prenait plaisir à le livrer aux griffes méchantes d'Adolphe Judas.

— Réconciliez-vous avec Judas, mon cher confrère. C'est lui qui se charge de la critique dramatique ; je ne peux rien par moi-même. Mes rédacteurs sont entièrement libres. — Le directeur frotta son monocle avec un geste gracieux.

— Mais je ne lui ai jamais rien fait, moi, à M. Judas. C'est lui qui me poursuit d'une haine inexplicable.

— Oh ! croyez-vous ? Un si charmant garçon ! Il n'a point de fiel, je vous assure. Très sincèrement, j'imagine, votre talent lui déplaît, n'est pas dans sa note. Amadouez-le.

— Je lui ai envoyé une loge pour la première.

— Maigre cadeau! Nous avons nos services.

— Je l'inviterai à souper.

— Hem! hem! Vous aurez l'air d'acheter sa bienveillance.

Le groom apportait une carte sur un plateau d'argent: « C'est lui justement! s'écria le psychologue, c'est Judas! L'entrevue ne vous fait pas peur?

— Mais je serai ravi au contraire...

— Entrez, mon cher ami et collaborateur. Voici M. Edgard de Fries, que vous avez quelque peu houspillé jadis, et dont on va jouer prochainement, à l'*Ame ardente*, les *Beaux jours d'une essence.*

Le juif s'inclina avec une certaine raideur. Le monocle, qu'il portait à l'imitation du *patron*, tenait mal dans son œil chassieux, et il considéra Edgard de Fries avec la sévérité solennelle d'un bourreau sur le point d'opérer. Enfin il déclara:

— Je n'aime point votre titre!

Edgard de Fries fit une grimace involontaire. Partagé entre la terreur et la haine, il masqua ces deux sentiments d'une physionomie doucereuse, et l'atmosphère devint extrêmement vile, car Sivreuse jouissait de cet embarras, Judas de sa supériorité dans la bassesse, et l'envie luisait sur leurs visages, s'attachant à la mise irréprochable du visiteur, à son blason, à sa situation mondaine. Celui-ci s'expliquait :

—Je devine vos objections. *Essence* a pour vous un sens spinoziste. Moi j'entends par là les efforts d'une âme à quitter sa grossière enveloppe...

— Ce n'est pas clair, poursuivit l'implacable Judas. Le théâtre réclame la clarté, fût-elle symbolique. Au reste, je connais votre œuvre : j'assistais à la dernière répétition avec la baronne Wallenstein.

— Une femme charmante! glissa l'auteur infortuné.

— Charmante, mais qui est de mon avis. Votre pièce est invertébrée. Elle manque de vigueur. Je vous parle net, parce que je pense l'écrire nettement.

Sivreuse devint goguenard : « Et lui qui venait pour l'indulgence!

—Ah, désolé! monsieur. Ma mission avant tout. » Judas prononça ces nobles paroles d'une voix autoritaire et d'autant plus hardie qu'il savait avoir affaire à un faible. Cependant Edgard de Fries songeait avec désolation qu'il avait pris la mauvaise route. Ce juge, d'après les racontars, était inaccessible à tout, sauf à la concussion. Mais ici, devant le directeur, l'offre devenait impossible. Il la remit au lendemain : « Au revoir, monsieur : quoi qu'il arrive, je reste votre ami. Permettez-moi de vous envoyer ma pièce, sur hollande, dès qu'elle sera imprimée.

— Est-il assez plat, ce grand seigneur! s'écria Sivreuse quand l'autre fut dehors. Si vous me parliez sur ce ton-là, mon petit Judas, ce que je vous rappellerais les trente deniers du grand-père!

— Merci, patron! Le juif salua militairement.

— Qu'est-ce que vous vouliez? Vite! On m'attend.

— Je vous apporte deux annonces : l'une, d'un marchand de fourrures, mon cousin; l'autre, d'une pâte pour les dents, des Pères capucins de Montreuil-sous-Bois.

— Parfait! Cela regarde l'administrateur Wallenstein. Vous aurez votre petite commission. Allez, et salez-moi Edgard de Fries.

— Soyez sans crainte, j'ai mon titre : *Le beau four d'une essence.*

Le groom vint annoncer la présence de Robert Sorpion et d'un *compagnon.*

— Qu'ils prennent patience! Encore de la mendicité! grommela Sivreuse en haussant les épaules.

— L'anarchiste dit comme ça, m'sieu, que, si on ne le reçoit pas, il fera sauter la boîte.

— C'est bon! c'est bon! La boîte est solide. Qui as-tu encore?

— Une grande blonde qui venait autrefois et un p'tit à barbe et à breloques que j'ai jamais vu. V'là leurs cartes.

C'était Rose Coindart et Félix Turniquel. Son sexe valut à la première une réception immédiate : « Qui me procure, ma belle amie, l'honneur de votre visite? Je croyais en vérité que vous aviez oublié le chemin du *Curare.* »

La petite tête vipérine de Rose avait une expression douloureuse. Elle tomba plutôt qu'elle ne s'assit dans un fauteuil auprès du psychologue: « Ah! Jacques, Jacques, je m'ennuie à périr! J'en suis à ma cinquième piqûre de la journée, et, si cela continue, la morphine ne me fera plus d'effet. Tismet n'avait avertie. Mais je n'écoute personne.

— Vous étiez déjà telle de mon temps, répondit Sivreuse malicieusement.

— Que j'étais jeune et ardente alors!... » Elle chiffonna sa robe de moire noire, leva ses deux longs bras et les laissa choir nonchalamment : « Mon petit, ça use, la débauche! Quand je lisais ça dans les livres, je songeais : Voilà bien les hommes! Maintenant je suis sûre de mon fait. Mon corps, mon pauvre bougre de corps est comme un arbre coupé.

— Plus le moindre frisson?

— Il faudrait la tempête, et j'ai passé l'âge. Vous me reprochiez ma froideur, vous rappelez-vous? gamin que vous êtes! Il vous aurait fallu une tigresse, une louve, une lionne. Les avez-vous trouvées? Moi je cherche encore mon fauve, celui qui ranimerait cette chair flasque, imbibée de toxique. » Elle se pinçait méchamment, rageusement, la peau des mains : « Enfin, ça n'est pas pour me plaindre que je suis venue vous trouver : c'est pour un conseil. C'est drôle, mais j'ai confiance en vous. » — Sivreuse fut flatté. — « Quoique jeune, vous en avez vu de raides, et vous vous êtes

tiré de quelques mauvais pas... Et puis... et puis...
— elle changea de ton, devint à la fois féline et
sauvage, se courba vers lui, — t'as été mon
homme... Tu m'as eue dans le sang, et ça ne s'oublie pas... Voilà de quoi il s'agit : Je me suis toquée, j'ai cru me toquer, j'ai voulu me toquer d'un
Anglais assez drôle, Termund Green, très froid,
très poseur, très *à l'épate*, qui sent le camphre et
la moutarde, qui est soûl à partir de trois heures
de l'après-midi et qui me menace toujours de
m'empoisonner. Au sortir de mon Turc, que je
faisais tourner en bourrique, ça m'a amusé, cette
espèce de mannequin dangereux. Il a de la conversation. C'est un Kamtchatka, comme dit Lermy,
pire encore que nous autres. Certaines nuances
lui donnent la nausée. Les tableaux de Turner
l'affolent, ainsi que les phrases de Rossetti et la
musique de Hændel. Il a peur des chats et des
grenouilles. Il se lave les mains dans de l'eau dorée
et il boit du vinaigre la nuit. Bref, il me distrait.
Il m'inquiète. Mais imaginez-vous que Coindart,
à la suite de je ne sais quels potins, est devenu
jaloux, jaloux à tuer, de Termund. Lui qui ne s'est
jamais occupé de mes amants, qui ne s'est jamais
douté de ma vie, tellement que j'en étais écœurée,

13.

maintenant il m'épie, me surveille, me questionne. Et ce mouton, ce « oui, bonne amie », « non, bonne amie », m'a fait hier au soir une scène terrible. Il a cassé une lampe, il m'a battue. Je ne le reconnaissais pas. Je le respectais presque, et pendant qu'il vociférait, je me disais que, s'il avait joué ce rôle là plus tôt, nous n'en serions pas où nous en sommes. Malheureusement je ne peux plus me changer : je sens très bien, je sens qu'il va arriver un malheur. Quelque jour Coindart me poignardera, ou étranglera mon Anglais, ou fera un scandale tel que la société me sera fermée et que j'en serai réduite à rendre visite à ma femme de chambre. C'est ce qu'il faut éviter. Qu'en pensez-vous, observateur des âmes, tacticien de l'amour ? »

Pendant ce discours, la figure de Rose, d'une mobilité extraordinaire, avait revêtu tous les masques de ses sentiments : la passion, l'angoisse, l'ironie, le dégoût, la crainte, la pitié. Sivreuse réfléchissait. Il y eut un silence : enfin il le rompit avec la certitude d'un homme sûr de ses moyens :

—C'est grave, c'est très grave ! Le cas de Coindart ne m'étonne pas. Le mouton devenu enragé, c'est

banal. Les gens qui accumulent sont terribles.
Mieux vaut un soupçonneux qui s'use lui-même,
s'affaisse et faiblit, un résigné. Mais ce gaillard-là
deviendra dramatique... Diable!... vous me prenez au dépourvu.

— C'est que cela presse, mon ami. Dès que je
mets mon chapeau : « Où vas-tu ? » Quand je rentre :
« D'où viens-tu ? » Et je n'ai pas de tantes, pas de
cousines! Puis ces subterfuges de vaudeville
m'assomment.

— Je ne vois qu'un moyen. Vous tenez à votre
Anglais?

— Énormément, depuis qu'il représente un
risque.

— Alors détournez la colère ; déviez-la vers un
autre, Véronisse par exemple.

— Ah! Véronisse! — Et le rire se fraya passage
avec peine sur ce visage de femme devenu
morne et froidement vicieux.

— Pourquoi pas? Il est épris de vous. Il m'apportait tout à l'heure le manuscrit de son *Requin*,
et ce requin c'est vous, ma chère. Vous ne lui
avez jamais rien octroyé? aucun menu suffrage?

— Pas ça!

Elle se cassa l'ongle sur la dent.

— Compromettez-le. Embarquez-le dans une aventure. Coindart est actuellement un taureau : faites rougir Véronisse. Il foncera dessus, et, passez-moi l'outrage, de ses cornes le défoncera. Vous cependant, svelte et mutine, rirez dans les bras de l'heureux Termund...

Et, très satisfait de son conseil, Sivreuse alluma une cigarette.

Rose, après une seconde d'hésitation, hocha la tête : « C'est assez adroit : j'essaierai. »

Le psychologue ajouta : « C'est classique, tout simplement.

— Merci, mon petit, et à charge de revanche. Je vous laisse à vos travaux, mais permettez-moi de faire une piqûre.

Tout en causant, elle avait préparé sa dose. Elle releva sa jupe sans pudeur, montra une jambe infiniment maigre, abaissa son bas noir et piqua vivement : « Là, je suis lestée. Au revoir, Jacques. Je t'embrasse sur le front, en sœur : tu veux? » Elle ondula sinueuse vers la porte, et dut subir les saluts empressés de Félix Turniquel, qui entrait comme un ouragan.

— Bonjour, très cher, bonjour! Ma visite n'a pas tardé. Ah! ah! C'est la tradition de la famille.

Ravissants vos bureaux, ravissants! Belle vue, confortables! J'plaisante! j'plaisante!

Sivreuse avait son plan. Il subit la crise, puis questionna le diplomate : « Que pensez-vous de la princesse de Fourvandières? »

— Suzu! Suzu! — s'écria Félix, heureux d'articuler ce surnom familier, — elle est, exquise, tonnante! Tiens, vous n'avez pas de Cardon ici? Mon père m'affirme que cet artiste est charmant, délicieux, ah! ah! délicieux!

— Vous avez pu voir par vous-même, continua Sivreuse, que la demoiselle est réservée.

— La dame, mon cher! Mariée trois fois! Euh! euh! réservée? — Turniquel agita sa barbe et son rire fut très expressif : — Ç't-à-dire, je me tais. Silence!

Le psychologue le menaça du doigt allégrement :

— Vous l'avez revue, discret amoureux, revue plusieurs fois. Il ne fait pas bon vous lancer sur une piste, vous! Ce que vous traquez le gibier!

— On ne peut rien vous cacher, rien. Pfètement, c'est l'œil du lynx. Ah! ah! oui je l'ai revue, et, confidentiellement, secret d'État, mon cher, secret d'État, mes affaires ne vont pas mal.

Sivreuse savait les manèges de Suzu. Il devina
que Félix n'en était encore qu'aux moindres
faveurs. Il prit un air sérieux.

— Moi aussi je l'ai revue, la princesse, mon cher
Turniquel, et... je ne sais si je dois... Enfin, notre
amitié, bien que récente, est profonde : je parlerai. Mais jurez-moi que jamais...

— Mon arrière-grand-père, le maçon Louis
Turniquel, avait sur sa truelle ce mot : *Secrète-*
ment, et il laissa la réputation d'un homme de génie, pfètement, de génie, mystérieux, fermé,
comme le pape, ah! ah! comme le pape. Depuis,
la tradition s'est conservée.

Sivreuse eut encore une petite hésitation, puis,
délibérément, il franchit ce léger obstacle :

— Voici : j'ai reçu il y a quelques jours la visite
de la dame en question. Nous sommes d'une intimité absolue, il faut d'abord bien établir ce
point. A une époque, je la tutoyais. Nous avons
cessé, à cause des mauvaises langues...

— Ah! ah!

— Donc Suzu me raconte sa vie minute par minute. Elle daigne même me demander des conseils. Elle me parut nerveuse. Elle me parla de
vous. Bientôt je lui eus arraché un secret d'ailleurs

trop aisé. Soyez fier, mon cher ami! Cette invincible, cette inexpugnable, cette amazone, vous l'avez domptée. Par quel sortilège? je l'ignore; mais elle a déposé sa lance et son bouclier, et il ne tient plus qu'à vous de tracer le cercle de feu qui protégera votre aimable sommeil.

Enchanté de cette série de mensonges, dont il observait les effets à mesure sur les yeux globuleux du confiant diplomate, Sivreuse savoura un court silence.

Mais Turniquel bouillait : « J'vais vous paraître bien fat, ah! pfètement, bien fat! Je m'en doutais. J'ai eu jadis, mon cher, la plus ravissante, la plus exquise maîtresse, une femme du meilleur monde, de la carrière même, la femme d'un collègue, ah! ah! qui ressemblait à Suzu, follement à Suzu : aussi je...

— Toutefois, interrompit Sivreuse, avant de faire du définitif, elle désire, et c'est bien juste, que vous soyez tout à elle. Elle a eu vent des projets matrimoniaux qui se complotent entre vous et Mlle Houdraye...

La figure de Félix exprima la plus vive stupeur :

— Vous savez donc...

— Je sais tout. Un bureau de revue, c'est une

caisse où résonnent les moindres potins de la société parisienne. Donc sa jalousie est en éveil et la jalousie est chez Suzu une passion si forte qu'elle est capable de tout dominer. Après qu'elle m'eut exposé ses inquiétudes, ses transes, qu'elle m'eut fait un portrait peu flatté de Mlle Houdraye et des agissements de maître Blétin, elle me déclara nettement que jamais une femme comme elle ne pourrait contracter liaison avec un jeune homme, si charmant fût-il, dont le cœur était ailleurs. Ah! c'est une personne extraordinaire, mon cher ami. Je vous avais prévenu.

— Comment faire? comment faire? murmurait Félix, au désespoir, tournant avec lenteur ses breloques.

— Il y a bien un moyen, un moyen diplomatique auquel j'ai songé et qui réussirait.

— Parlez vite : je suis dans une angoisse!

— Et si devant moi, ai-je dit à la belle éplorée, M. Turniquel, dont je ne suspecterai jamais la loyauté ni la bonne foi, et qui doit être victime d'odieuses machinations, écrivait à Mlle Houdraye une lettre par laquelle il dissiperait le malentendu qu'un avocat retors et stupide tient seul à prolonger entre eux, s'il niait le projet dont vous l'accu-

sez, hésiteriez-vous ensuite à déchaîner une passion qu'un injuste soupçon contenait seul?

— Que vous a-t-elle répondu?

— Elle s'est jetée dans mes bras. Elle a fondu
en larmes. « S'il faisait cela, s'est-elle écriée, ce
serait le héros que je rêve, le loyal chevalier qui
convient à ma fantaisie! etc., etc. » Vous voyez
d'ici la romanesque... Naturellement, mon cher
ami, cette lettre fictive n'entraverait en rien vos
desseins quels qu'ils soient. Elle resterait dans
ma poche jusqu'à ce que je l'aie montrée à Suzu,
car elle est comme Thomas, la rusée : elle veut
voir par ses yeux. Puis je la brûlerai, foi de Sivreuse, et sur l'autel de votre amour. Mais ce petit
subterfuge, l' ite en l'occasion, suffirait à calmer
les nerfs de la princesse. Qu'en pensez-vous?

— Je pense, dit Félix sans méfiance, je pense
que vous êtes plus diplomate que moi. Ah! ah!
presque aussi rusé que mon père, Célestin Turniquel, le ministre plénipotentiaire, qui dans sa
longue carrière...

— Voulez-vous que nous jouions notre comédie
tout de suite?

— Pfètement, mon cher, pfètement.

— Alors mettez-vous à ma table, et écrivez.

14

Sivreuse, profitant de son avantage, parlait maintenant avec autorité. Il avait remarqué que dans toute causerie le pouvoir oscille entre les interlocuteurs, puis passe définitivement aux mains de l'un d'eux. Il le tenait, il ne le lâcha point ; et il dictait avec lenteur, debout, marchant à petits pas, pesant les termes et considérant avec délices la raie soignée de Turniquel sous laquelle reposait ce cerveau si commode. Le secrétaire d'ambassade riait à chaque phrase ou levait la tête pour applaudir. Voici ce qu'il relut finalement au psychologue, avec un hennissement de satisfaction :

« Mademoiselle Claire Houdraye, Paris.

« Mademoiselle,

« Je suis trop galant homme pour admettre qu'il y ait dans votre esprit le moindre doute. Maître Blétin, avocat et conseil de nos deux familles, avait l'intention de les unir, et, dans un but louable, il s'est efforcé de mettre d'accord votre père et le mien. Mais je vous sais trop fière, mademoiselle, pour accueillir un prétendant ainsi présenté par autrui, et j'ai, d'autre part, depuis quelque temps, disposé de ma destinée. Nous resterons, si

vous le voulez bien, de bons, d'excellents camarades, d'autant plus qu'il ne subsistera plus entre
nous aucune de ces ambiguïtés qui inquiètent toujours un peu les riches héritières sur la sincérité
de leurs amis.

« Excusez cette lettre, qui part d'un cœur franc
et loyal, et recevez, mademoiselle, l'expression de
mon plus profond, de mon plus inaltérable respect.

« Félix Turniquel,

« Secrétaire d'ambassade. »

— C'est tout à fait bien! déclara Sivreuse,
que sa propre prose charmait toujours et qui,
dans l'occasion, lui trouvait une saveur spéciale. Que vous en semble? Vous avez plus de
monde que moi.

— C'est parfait, c'est parfait, c'est exquis! glapit Turniquel. Ah! mon cher, le don d'écrire,
c'est si rare! si précieux! Certes je sais tourner
un madrigal ou un rapport. Mais ces nuances,
cette finesse! On pourrait l'envoyer, cette missive,
tant elle a l'air véridique, pfètement véridique. —
Et il éclata de rire.

— Vous croyez? murmura Sivreuse, en pliant
le papier.

— Ainsi dès que Suzu aura vu cette lettre, elle aura confiance? Elle n'éventera pas le stratagème, l'adroit stratagème? Ah! les femmes! les femmes! Mais, j'y songe, pourquoi ne m'a-t-elle pas demandé cette prétendue preuve à moi-même? Quel besoin d'un tiers?

— La délicatesse, cher ami, le scrupule! Je vous répète que je suis son confident. Encore une fois, si vous voulez tirer de notre ruse tout le bénéfice qu'elle mérite, ne lui parlez de rien, jamais: elle vous trouvera d'autant plus admirable. Un mot gâterait tout.

— Admirable, c'est cela! moi, admirable! Bouche close. C'est juré, foi de Turniquel! Ah! ah!...

Et l'on entendit les breloques.

Sivreuse avait ce qu'il désirait. Il ne retint plus son loquace visiteur et laissa la conversation languir de telle sorte qu'à la fin le diplomate, ayant épuisé son stock d'anecdotes et d'ébrouements, prit congé en remerciant son ami le psychologue et lui donnant rendez-vous pour la première de de Fries à l'*Ame ardente*.

Seul, le directeur du *Curare* mit la lettre à Claire Houdraye sous enveloppe, avec l'adresse : boulevard Malesherbes; puis il écrivit à Suzu :

« Ma toute belle, j'ai vu notre idiot de diplomate. Il est hors de lui! Mais vous auriez tort de le faire trop languir. Ce genre de gibier se mange chaud. Songez qu'avec un peu d'audace vous tenez là le mari idéal : riche, posé, barbu et le reste. A vous les salons inaccessibles. Je suis à vos pieds. — SIVREUSE. »

Il sonna : le groom parut. « Ces deux lettres à la poste tout de suite.

— M'sieu, f sont encore là !

— Qui donc ?

— Sorpion et l'autre.

Sivreuse se leva de mauvaise humeur et pénétra dans le salon d'attente, où se morfondaient l'anarchiste et le pamphlétaire. Sans se l'avouer, ils sentaient qu'ils venaient pour le même motif, et cette muette concurrence leur inspirait une haine réciproque.

— Qu'est-ce que vous désirez ? demanda brusquement le jeune directeur.

— Vous vous en doutez, j'imagine, répondit le cynique Sorpion, montrant sa veste déchirée et ses souliers ouverts. Je crève de faim : faites-moi une avance. J'ai là un article sur de Fries... je le hache comme une souris crevée.

14.

— Pas de place! mon cher, pas de place!

— Une aumône alors?

— Voilà cinq francs.

Sorpion tourna les talons en grognant.

— Il paraît que tu veux faire sauter la boîte?
dit Sivreuse à l'anarchiste, long squelette brun à
tête fiévreuse.

— C'étaient des manières, compagnon, répondit le malheureux en se dandinant et tortillant
un chapeau mou sans couleur.

— Ce ne sont pas des manières pour moi.
Oust! décampe avec ces quarante sous. Mais tâche
d'être poli, sinon...

Quand il les crut éloignés, Sivreuse prit son
chapeau, sa canne, et se prépara à partir, après
quelques recommandations aux comptables. Sur
le pas de la porte, il rencontra Désiré Feutrasse:

— Mon cher maître, déclara celui-ci en courbant
son obséquieux visage de séminariste, je viens
pour une conférence, une curieuse conférence
que je compte faire sur votre personnalité et
votre œuvre. Cette conférence aura lieu devant
un auditoire choisi. J'ai comme points de comparaison Balzac et Mérimée; mais il me manque, sur
vos habitudes, sur vos opinions intimes, quelques-

uns de ces détails dont le public est si friand. Il
a raison, obscurément raison, le public, car la
psychologie se nourrit de ces miettes dorées.

— Je vous écrirai cela, dit Sivreuse, que la
proposition charmait. Une page est plus sûre
qu'une phrase.

— Puis-je dès maintenant annoncer la conférence dans quelques revues anglaises, américaines
et allemandes dont je suis le correspondant?

— Annoncez, cher monsieur, annoncez. C'est
un honneur et un plaisir pour moi.

Feutrasse poursuivit de sa voix monotone : « Mon
habitude est, pour les premiers frais, car je. tiens
à ce que la salle soit ornée conformément à la
gloire de ceux que je prône, mon habitude est
d'ouvrir une petite souscription. »

Il tirait une liste de sa poche. Sivreuse eut un
geste plein d'égards : « Inutile ! Combien est-ce ?

— La coutume, l'usage est de verser cinquante
francs d'abord. Ensuite le *sujet* de la conférence
prend cinq billets à dix francs.

Le directeur du *Curare* sortit un billet de cent
francs, que Feutrasse escamota, plutôt qu'il ne le
saisit, dans ses doigts longs et moites. Ils se
saluèrent cérémonieusement...

Jacques Sivreuse était content de sa journée :
Le terrain se déblayait autour des trois millions.
Paul Lermy s'effondrerait sous les efforts de
Mme Toupin des Mares. Si les lettres anonymes
ne produisaient point d'effet, on aviserait à d'autres
moyens. Quant à Turniquel, il n'était plus en
cause. Sans doute il reverrait Claire Houdraye
et saurait le sort réel de la lettre. Mais, pour ce
fantoche, n'importe quelle explication serait satis-
faisante, pourvu que sa vanité fût à l'abri.

Et le jeune homme, fier de son habileté, de tous
ces imbroglios dont il tenait les fils, aspirait
joyeusement l'air du soir, percevait le monde extérieur avec cette allégresse qui tient à l'exaltation
orgueilleuse de l'individu.

Comme il traversait le jardin du Palais-Royal,
luxueux et calme à cette heure où le soleil décline,
il fut abordé par une femme jeune encore, de
mise voyante, robe rouge et chapeau jaune, aux
traits fatigués et maigris. Une subite inspiration
lui vint. Il prit un air morne : « Vous êtes jolie et
je vous plains. Quel affreux métier ! »

Elle soupira : « Il faut bien vivre ! »

Il baissa les yeux : « Hélas ! nous sommes à la
même enseigne. Vous vous trompez en vous adres-

sant à moi. C'est la faute de mon costume. Mon
costume ! Un ami me l'a prêté. Je ne peux même
pas le mettre au clou. — Et tout bas, précipitamment, avec un accent de sincérité effroyable : —
Tel que vous me voyez, je n'ai pas mangé depuis
deux jours. »

Elle eut un tressaillement de surprise : « Est-ce
possible ? »

Il continua comme avec effort : « Je suis étu-
diant, venu de province à Paris il y a huit jours.
Mes parents m'ont chassé. J'avais vingt francs : ils
ont fondu. Ma logeuse m'a retiré la clef ; je bats le
pavé depuis ce matin. Je ne sais plus que faire :
je crois que je vais me noyer. Mais aurai-je le courage ?

— Oh ! le pauvre petit ! — ses yeux ternes s'in-
jectèrent de larmes. — Suis-moi ! — Non, j'ai trop
honte. — Si, si ! je le veux !

Elle l'entraîna. Ils franchirent les galeries,
la rue Montpensier, la rue Vivienne. Fidèle à ses
habitudes, elle marchait devant, nerveusement.
Place de la Bourse, elle entra chez un charcutier,
en ressortit avec un petit paquet gras. Elle acheta
du pain chez un boulanger. Rue Feydeau, dans
un hôtel borgne, ils se glissèrent, et le long du cor-

ridor, obscur bien qu'il fît jour, elle lui murmura à l'oreille : « J'ai un reste de bon vin, du marsala, que m'a laissé mon amant... »

La pièce était poussiéreuse et les meubles semblaient en carton. Sur un guéridon boiteux, elle mettait le couvert, s'interrompant pour l'embrasser, le plaindre, le questionner : « Qu'est-ce qu'il fait ton père ? Et ta mère ? C'est donc pas une mère ?

— Ils ont d'autres enfants.

— Je connais ça. Moi j'suis du faubourg. On m'a flanquée dehors à douze ans. Ah ! j'en ai vu, j'en ai vu !

— Tu n'as jamais songé à te tuer ?

— Plus souvent qu'à mon tour, mon homme. Mais j'ai eu peur.

— Moi je me tuerai !

— Dis pas ça ! Tu vas manger d'abord. Quand on a le ventre creux, on ferait des folies. Regarde mon *marsala* s'il est chouette ! Mon amant travaillait dans une société vinicole. Il était très rupin ; mais, quand il avait bu, il me rossait. Il est parti un soir, comme ça, sans raison. Ce que j'ai pleuré !

— Tu as l'air souffrante ?

— J'ai été à l'hôpital, rapport à une fausse-couche. Maintenant encore j'ai de la flanelle. Je peux te dire ça à toi. — Elle montra pudiquement le lit défait, sur lequel était jeté son chapeau à plumes jaunes. — Je ne suis pas une riche affaire. Enfin, ils s'en contentent.

Sivreuse avait attaqué le jambon, et il mangeait avec gloutonnerie, simulant la fringale. Elle s'effraya :

— Pas si vite, pas si vite! tu vas t'étouffer. Bois un peu. C'est mauvais de s'empiffrer après la diète. Les médecins savent ça. Qu'est-ce que tu étudies?

— Le droit.

— Tant mieux! J'te montrerai mes économies. Tu sais placer l'argent ?

— Tu as des économies?

— Oh! pas énormes. Je garde deux francs sur mes journées de dix, et un sur mes journées de cinq. Le quartier est bon, mais j'ai la tête en marmelade. » Elle se mit devant la glace, avec une coquetterie navrée : « Mange, mange : ne t'occupe pas de moi. Il est fameux, hein! mon marsala? C'est du vrai. Autrefois j'avais des cheveux, des cheveux jusqu'ici. — Elle indiquait ses hanches étroites. — Ça a filé. Ça ne repoussera plus. Reprends donc du jambon. »

Sivreuse jugea que la comédie avait assez duré ;
il se leva, mit son chapeau sur sa tête et tira de
sa poche trois louis d'or :

—Tiens, tu y as coupé. Tu es une bonne fille.

En une seconde, comme dans une catastrophe,
ce visage de femme exprima la stupeur, le mépris
et la haine, sentiments farouches qu'animèrent la
flamme des yeux, le tremblement des lèvres, la
raucité d'une voix hagarde, d'une voix de cauche-
mar : « Ah! menteur! salop! maquereau! menteur! Fous le camp, ou je surine! » —Elle se précipita sur un couteau, et l'agita comme une folle,
en vomissant un torrent d'injures.

Effaré, le psychologue fit un bond en arrière, tré-
bucha vers la porte et sortit précipitamment. D'un
dernier regard, il la vit droite, furieuse et mena-
çante, la bouche grande ouverte et tordue, sa
robe rouge prise dans la table chavirée avec fracas :
« Fous le camp, menteur! lâche! crapule! » Ces
cris l'accompagnèrent jusqu'au bas de l'escalier,
et souvent, souvent, à travers les circonstances
les plus diverses de sa vie, il les entendit dans
ses oreilles.

V

L'après-midi même qui précéda la *première* de de Fries à l'*Ame ardente*, Claire brodait dans son salon, toutes fenêtres ouvertes, par un de ces jours dorés et bruissants comme mai en apporte aux Parisiens. De temps en temps, pour se reposer, elle jetait un regard rapide au Théodore Rousseau en face d'elle : c'était une route forestière que gagnait lentement le crépuscule. A l'approche du soir, les beaux grands arbres commençaient à trembler par la cime. Dans les profondeurs du feuillage on voyait mourir la lumière. Et la jeune fille eût souhaité de marcher là, tranquille et joyeuse, au bras d'un ami, de son ami ; et peu à peu l'image de Paul se substituait à l'œuvre du peintre : le paysage devenait portrait... Là

15

sonnette retentit... Clotilde, la vieille bonne, apporta la carte de maître Blétin, avocat.

Celui-ci, dès son entrée, remarqua l'impression de méfiance qui assombrit le gracieux visage, et il s'efforça de donner à sa tête rusée toute la bonhomie possible. Mais il n'en résulta qu'une grimace hypocrite.

— Excusez-moi, mademoiselle, si je viens vous troubler dans votre retraite : il s'agit d'une affaire si sérieuse...

Il s'assit le dos à la fenêtre, afin de mieux dissimuler, car tout chez lui était calcul et sa voix nasillarde, aux dents serrées, semblait gênée sous ses inflexions doucereuses comme un pirate dans une robe de bal.

Elle ne remuait pas, ne répondait rien, une main appuyée sur son métier à broder. Mais un imperceptible et méprisant sourire plissait le coin de ses lèvres roses.

L'autre continua : « Monsieur votre père, qui veut bien m'honorer de sa confiance, m'a témoigné, depuis quelques années déjà, son vif regret de ne point vous voir dans l'état de mariage qui conviendrait à une personne de votre rang et de votre situation... »

Elle l'interrompit : « Mon père, monsieur, m'a laissée assez jeune livrée à moi-même pour que j'aie les privilèges de cette liberté. Un des plus chers est la faculté de décider seule de mon avenir.

— C'est vrai, mademoiselle. Mais notre devoir à nous autres, les vieux, que l'expérience a durement façonnés, est d'intervenir quelquefois dans les projets de la jeunesse. Or, pour abréger les préliminaires, le hasard fait que le fils d'un de mes excellents amis, Célestin Turniquel, ministre plénipotentiaire, vous ayant rencontrée une ou deux fois dans le monde, a cédé au charme irrésistible que chacun se plaît à vous reconnaître et qu'il m'a fait confident de ses angoisses. »

Une extrême ironie faisait frissonner le petit nez de Claire. Mais elle voulut jouir de l'ensemble et elle laissa Blétin vanter sa marchandise.

— Ce jeune homme a dans la diplomatie la situation la plus enviable. Avec son nom il peut prétendre à tout. Les Turniquel sont une de ces vieilles et solides familles démocratiques dont chaque génération alimente l'État et le gouvernement. Ils ont toujours siégé dans les Chambres. Depuis un siècle ils sont mêlés à notre histoire...

A ce point de son boniment, l'avocat fit une courte pause. La jeune fille restait muette. Il poursuivit : « Vous trouvez peut-être étrange de ma part une démarche dont j'aurais pu laisser le péril au prétendant; mais voilà : les amoureux sont timides. Le mien, le nôtre plutôt, mon cher Félix, tremble à la seule pensée de se trouver en présence de vous. »

Claire dit simplement : « M. Félix Turniquel est venu me rendre visite. Je ne me suis aperçue de rien. Je lui ai même placé des billets de loterie.

— Je sais, je sais. — Maître Blétin eut son plus subtil sourire, celui des honoraires. — Félix m'a raconté... Il était hors de lui, haletant.

— C'est singulier! il paraissait très calme. J'a beaucoup remarqué l'insistance avec laquelle il préservait son chapeau des moindres aventures.

— Vous êtes moqueuse, mademoiselle, cruelle dans l'occasion. Car si je me suis décidé à venir vous trouver, vous... implorer, c'est que j'ai eu pitié...

— Le pauvre garçon! Il est donc très épris?

— Follement. Il ne mange plus, ne dort plus. C'est l'amoureux classique, un peu ridicule, mais touchant à la fois, le plus sincère, mademoiselle, le plus rare. Vous seriez impardonnable de passer à côté du bonheur.

Claire, qui affectionnait la gaminerie intellectuelle et animait les métaphores, grâce à sa parfaite connaissance de la langue française, fut réjouie par l'idée de cet équipage barbu, moustachu et fleuri, le bonheur dans la personne de Félix Turniquel, à côté duquel elle passait indifférente. Puis, songeant à la lettre qu'elle avait dans sa poche, elle se demanda comment se décomposerait tout à l'heure la tête mensongère et finaude de Blétin sous cette peu respectable mousse de cheveux blancs, quels seraient les plis du nez, des joues, du front, que deviendrait telle ride à gauche.

L'avocat n'osait croire à un succès si rapide. Cependant cette indécision lui semblait d'excellent augure. Il joignit les mains, fit un effet de barre : « Écoutez-nous, mademoiselle : nous sommes à vos pieds et nous vous implorons. Nous pourrions invoquer notre naissance, les avantages réciproques d'une telle union. Mais nous voulons rester dans ce domaine sentimental d'où l'intérêt fut toujours banni. Nous vous prions de nous pren-

15.

dre en pitié, vous si bonne, si compatissante.
Nous vous apportons un cœur chaud, des illusions toutes fraîches. — Un chaufroid de volaille,
pensait Claire, — et l'amour, le divin, le rayon-
nant amour, couronne de nos fronts de vingt
ans! »

Elle se leva, et d'un ton sec : « Pour ces élans
oratoires, maître Blétin, il faut des manches, de
larges manches bouffantes : c'est beaucoup plus
joli. Toute cette histoire m'intéresse vivement,
mais je la crois un peu légendaire, car votre client
lui-même s'est appliqué, avec une franchise
dont je le loue, à détruire par avance vos preuves
et tentatives désintéressées. »

Elle tira de sa poche la lettre de Félix Turniquel, que Sivreuse avait si habilement extorquée
au diplomate et envoyée à Claire Houdraye au lieu
de la montrer à Suzu et de la brûler ensuite, suivant sa promesse. — Hagard et stupéfait, maître
Blétin lut, comme dans un brouillard, cet inexplicable billet : « Trop galant homme... maître Blétin... avait l'intention... Nous resterons... excellents camarades... Inquiètent toujours... les
riches héritières... Inaltérable respect... FÉLIX
TURNIQUEL. »

Il eut le geste professionnel : celui de la cause qu'on abandonne. Claire victorieusement enleva *sa* lettre d'une main inerte au bout d'un bras retombé. « Il y a là dedans quelque énigme incompréhensible. Ma situation est ridicule, mademoiselle. Je ne puis en sortir qu'en vous assurant de ma parfaite bonne foi dont tout un passé d'honneur est garant. Je vous demande humblement pardon d'avoir été induit en erreur. » Son fausset tremblait de colère. A mesure qu'il parlait, il reculait, et, vers la fin de son petit discours, il fut juste devant la porte, comme s'il avait eu des yeux dans le dos; de sorte qu'il disparut ainsi qu'un personnage de féerie, laissant une odeur de mensonge et de féline scélératesse.

Claire, radieuse, jouissait encore de ce désarroi d'un fripon quand on lui remit une lettre de Mme Toupin des Mares. C'était la huitième en dix jours. Elle lut :

« Ma toute belle, j'étais couchée hier depuis une heure environ quand la sonnette m'a réveillée en sursaut. J'ai dû revêtir en hâte une robe de chambre pour recevoir la visite d'un jeune homme en larmes et sanglots. Vous avez deviné Jacques Sivreuse. Il m'a répété pour la millième fois

qu'il ne saurait vivre sans vous voir, qu'il avait
passé trois nuits blanches devant votre *cellule*,
sur un banc, boulevard Malesherbes ; qu'il était
comme un fou et décidé à mourir si cette existence continuait. Je l'ai raffermi autant que j'ai
pu ; je lui ai objecté qu'une passion non avouée
n'était pas encore une passion et, que, ne s'étant
point ouvert de ses transports, il n'avait pas le droit
de les annihiler en sa personne. Je l'ai consolé,
dorloté de toutes les manières, mais je crains
bien qu'il ne perde la tête et n'aille vous faire son
aveu tout net.

« Ah! Claire, Claire, réfléchissez avant d'opposer un refus à cette ardeur. Sivreuse est l'espoir de sa génération. Plus subtil qu'aucun, il est
plus audacieux aussi, plus intellectuel, plus d'a-
venture, et tel qu'à votre place, et animée par cette
pointe de romanesque que l'on remarque en vous,
je n'hésiterais pas. Vous auriez là le compagnon qu'il vous faut, hardi, généreux, entrepre-
nant. Si jeune, il est directeur du *Curare*. Que ne
sera-t-il pas dans dix ans ? Vous feriez le plus joli
couple qu'il soit possible d'imaginer. Ce flatteur
murmure de l'envie, si nécessaire au bonheur des
jeunes gens, flotterait sans cesse autour de vous.

« Croyez-moi, mon enfant. J'ai vu, connu, pesé la vie ; j'ai souffert, trop souffert d'une union inférieure. Ce sont des froissements perpétuels, des discussions sans cause, des mélancolies sans guérison. C'est surtout la mort d'un rêve. Sivreuse a le don suprême : il ne détruit pas l'illusion. Vous me remercierez d'avoir fait votre bonheur.

« J'ai reçu la visite du père Turniquel, très en peine de sa progéniture. Si vous désirez un gro-tesque, prenez Félix ; mais le rire ne vous plaît, je crois, que lorsqu'il émane de vous : s'appliquant à votre mari, il vous serait une désolation.

« Je vous serre dans mes bras, ma toute belle. Dans les intervalles de votre broderie, venez me voir : nous causerons de ces mirages.

« LOUISE TOUPIN DES MARES.

« P.-S.— Je suis fort ennuyée de mon amie Rose Coindart. Elle s'affiche avec M. Paul Lermy d'une façon qui ne fait honneur ni à l'un ni à l'autre. C'est notre vengeance, à nous Kamtchatka, que celui qui nous a baptisés nous dépasse encore en affectation. Quelle nullité d'âme est néces-saire pour s'éprendre de Rose ! Et l'on m'affirme que ce mauvais peintre est un amoureux parfaitement transi. »

Cette lettre, bien que recopiée, portait encore les traces de corrections nombreuses. L'excellente Louise Toupin avait quelquefois des défaillances de mémoire et trébuchait contre les tours de phrase et de pensée kamtchatka.

Claire froissait le papier quand Paul Lermy entra. Elle ne l'avait point entendu sonner. Sa figure était grave et soucieuse. Malgré qu'il voulût les chasser, les termes de cet affreux billet signé *Un guetteur de jour et de nuit* le poursuivaient, le troublaient, brûlaient ses veines de jaloux timide. Comme ils ne s'étaient jamais rien dit et ne s'entendaient que par les regards, Claire avait l'expérience de ces yeux bruns et changeants, hagards quand la passion les animait, facilement distraits quand, dans le monde, ils se détournaient d'elle pour mieux l'observer, si doux et si vifs quand ils plongaient dans les siens, accomplissaient cette possession mystérieuse, cette union de quatre petites planètes colorées que fait tournoyer l'amour : « Il y a longtemps que je ne vous ai vu, mon ami : quatre jours, je crois. Mon Dieu ! quel front sévère ! »

Elle sentit que leurs doigts n'avaient point une étreinte cordiale. Il dit d'une voix sourde :

— Je suis un peu souffrant, je travaille trop. J'aurais besoin de changer d'air. Mais je vous dérange : vous paraissiez occupée à lire.

Elle eut une moue narquoise, déplia le bouchon de papier que faisait dans son autre main la lettre de Mme Toupin des Mares et la lui tendit : « Lisez ! Si, si ! je l'exige. Cela vous apprendra la méfiance. » Il parcourut cette prose perfide dont chaque mot le déchirait, et à mesure le sang se retirait de son hardi visage. Il murmurait : « Un joli rôle ! » Vers la fin il eut un sursaut d'indignation : « Mais c'est une infamie ! Je vais de ce pas casser la figure à son Toupin des Mares. Moi ! Rose Coindart ! Oh ! la scélérate ! »

Elle mit sur son épaule sa main délicate :

— Vous ne casserez rien du tout, puisqu'il est entendu que vous n'avez point lu. Je vous ai montré ceci simplement pour vous prouver, par la tranquillité de mon visage et de mon accueil, la supériorité de la femme sur l'homme. Anonyme ou signée, je ne crois point la calomnie.

Et tandis qu'elle brûlait la vaine tentative de Mme Toupin dans la cheminée vide où cette

flamme, au printemps, semblait paradoxale, Paul
se reprochait son soupçon, devinant par sa dernière phrase qu'ils étaient victimes des mêmes
invisibles ennemis.

— J'ai à vous faire part d'une autre bizarrerie.
Ah! la correspondance ne chôme pas en cette saison! Je n'aurais jamais cru ce magot de diplomate
capable d'un pareil acte. Savourez!

Certes il la savourait, le pauvre Lermy, la lettre
de Félix Turniquel, et Sivreuse eût été surpris du
résultat imprévu de ses manœuvres. De ce cœur
passionné la douleur sortit aussi vite qu'elle y était
entrée, et ce fut d'une voix forte, rassérénée, qu'il
s'écria : « Le brave garçon! Comme on a tort de
juger d'après les apparences!

— Et quand les apparences mêmes n'y sont pas
et qu'on juge? » — C'était à Claire de feindre la sévérité. Il baissa les yeux, garda le silence. Elle
le sortit d'embarras : « Après bien des réflexions,
des hésitations, je n'irai pas ce soir à l'*Ame ardente*. J'y perdrai un beau spectacle kamtchatka;
mais, comme personne ne surveille ma conduite,
c'est à moi à m'interdire certains plaisirs. Êtes-
vous de cet avis? »

Tout lui semblait divin. Il éprouvait une joie

de prisonnier dont les chaînes se brisent. Il répondit vivement : « Vous êtes la sagesse, la bonté, la vérité! Je n'ai pas assez d'admiration sur moi pour en recouvrir vos vertus.

— Prenez garde, mon ami : vous me faites la cour.

— Si peu!

— Regardez mon travail. J'en suis joliment fière. Quand on m'abandonne, voilà comme je m'occupe.

Elle montrait son métier. Il n'avait jamais compris à ce point la douceur, l'élégance des lainages. Il s'extasiait : « Ce rose, ce rose fané! Voilà une nuance que j'aurais cherchée dix ans sans la trouver! C'est magique! »

Leurs visages se frôlèrent, penchés sur la broderie, et leurs deux cœurs battaient ensemble. On sonna. Ils tressaillirent : « Quelle aventure! dit Claire à voix basse. Où vais-je vous cacher? dans la lingerie ou dans la pièce de Clotilde? » Mais quand elle lut le nom sur la mince carte élégante, sa physionomie exprima l'angoisse : « Attendez, attendez! C'est Sivreuse. Il faut que je le reçoive, mais j'ai peur de lui. Chut! je vous en prie. Restez près de moi, là, derrière cette

16

tapisserie. » Elle entr'ouvrit la porte de sa propre
chambre, et Paul, immobile, retenant sa respiration, les poings serrés, les muscles vibrants,
l'esprit rempli d'images de massacre, dut assister
au dialogue, séparé des acteurs par une légère
tenture.

Le psychologue jouait une partie décisive, et,
suivant le conseil de Mme Toupin des Mares, sa
confidente, il comptait sur son audace, son agilité,
ses lectures. Sa mise était sombre, et ses traits,
habilement décomposés, avaient une expression
étrange, tellement que la jeune fille, debout
et tremblante près de la portière habitée, en fut
émue d'abord. Sivreuse se tenait dans une posture raidie à quelques pas d'elle, les yeux tour-
nés vers le sol : « Mademoiselle, — l'accent
était rauque et pénible, comme issu du bas
abîme de l'âme, — Mademoiselle, vous voyez ici
un infortuné qu'un mot de vous va tuer ou rap-
peler à la vie. Mademoiselle, je vous aime : me
pardonnerez-vous cet aveu farouche et subit ? Voilà
trop longtemps qu'il m'oppresse, trop longtemps
que, dans le monde, dans la rue, au théâtre, je
rôde autour de vous comme un insensé, n'osant
m'approcher, remuer les lèvres, écrasé, terrifié

par votre seule présence. Aujourd'hui ces sentiments longtemps refoulés s'échappent, malgré
moi, irrésistiblement. Sans biais, sans détours, je
vous répète que je vous aime et je vous demande
si vous consentiriez à être ma femme ? »

A cette comédie, bien jouée d'ailleurs, et coupée
de halètements, il manquait cependant quelque
préambule, et la netteté du discours contrastait avec
le désordonné de l'état qu'il exprimait. Claire le
sentit d'une manière complète, grâce à son admirable et mystérieux instinct de femme, au moment même où Sivreuse s'applaudissait de son
rôle. Elle répliqua sans irritation : « Monsieur,
j'ai la bonté de vous répondre, quoiqu'un pareil
langage ne mérite qu'un congé pur et simple. Je
ne vous crois point. Certaines lettres d'une de
vos amies préparaient évidemment les voies que
je ne sais quelles louches, quelles abominables
intrigues que je sens flotter autour de moi, étaient
destinées à aplanir. J'ignore pourquoi vous êtes
ici à cette minute chez moi, avec ces paroles,
cette attitude que rien n'autorise. Je vous croyais
un homme bien élevé : je suis forcée de vous interdire désormais de me reconnaître où que
vous me rencontriez. »

Ce ton froid et hautain exaspéra Sivreuse. Il
eut l'idée première de la compromettre, de se
jeter sur elle, puis celle plus calme de poursuivre
son projet ; mais le premier obstacle était insurmontable. Il s'attendait à quelque réponse éva-
sive et qui laissât place à une riposte. Pour
gagner du temps, il balbutia : « Ma sincérité, que
je proclame et dont Mme Toupin des Mares...

— Assez, monsieur ! Vous vous découvrez.
Mme Toupin des Mares n'a rien à voir dans mes
affaires, et ses avis n'ont nulle valeur. Vous abu-
sez de ma situation isolée, telle que personne,
vous le savez, personne ne peut prendre ma défense. — Elle avait cru sentir la tapisserie vibrer.
— Seuls votre silence et votre départ vous épar-
gneront mon mépris définitif.

Elle était si belle ainsi, la tête droite et fière et
son pur visage indigné, que le psychologue l'ad-
mira et eut envie d'elle, et ceci détermina sa rage :
« C'est bien, mademoiselle, je pars ! Mais rappelez-
vous que jamais Jacques Sivreuse n'a laissé une
offense impunie. Entre nous deux, dès ce jour,
c'est la guerre. — Il tendit théâtralement le doigt
vers elle et serra les dents. — Et je la mènerai
implacable, sans trêve ni merci. »

Elle eut un beau sourire : « Maintenant vous êtes sincère. Votre masque tient mal, monsieur ! »

Sivreuse fit un profond salut et se retira. On entendit le bruit sourd de la porte.

Claire souleva la tapisserie. Lermy sortit, la figure bouleversée : « Le misérable ! le misérable ! Vous avez été superbe. Mais quelle haine il doit avoir ! »

Elle haussa les épaules : « C'est un drôle ! Je le savais depuis longtemps. Où mène le Kamtchatkisme ! Ne vous approchez pas de la fenêtre. Il doit guetter de l'autre côté du boulevard.

— Ce que j'avais envie de sortir de ma cachette et de le souffleter !

— Et de me perdre, n'est-ce pas ?

Il baissa la tête et se mit à réfléchir. Au dehors, des cris d'enfants rayaient l'atmosphère limpide. Tout, par cette belle journée, célébrait la lumière et la joie. L'or impalpable du soleil ruisselait dans le salon, lavait la trace d'une minuscule vilenie humaine. Paul était prêt à parler ; mais une angoisse terrible lui contractait la gorge, car le passionné n'a point à sa disposition des mots différents du menteur. Il leva les regards vers Claire : elle pleurait. Il allait se jeter à ses genoux. Elle

16.

devina son geste, lui prit les mains, et loyalement,
bravement : « Je sais ce que vous allez me dire,
ce qui vous pèse, mais je veux vous prévenir. Mon
cher Paul, je vous aime! Voulez-vous être mon
mari? »

Toutes les forces intimes de son être, il les sentit s'épanouir et frissonner, quand il la tint dans
ses bras, chastement appuyée contre son épaule
et la défendant contre le mal hideux de la vie;
sous les tendresses qu'il chuchotait, hâtives et
folles, bondissait le torrent impétueux du désir
longtemps maintenu, de l'espoir, du dévouement,
du triomphe. Cette réserve d'ardeurs passait en
elle, mieux que par l'esprit, par l'obscur transfert
du contact, et, dans leur ivresse, comme dans
toutes les dépenses extrêmes d'énergie, se glissa
une mélancolie pâmée, la crainte de la mort, compagne de la béatitude, fumée de la torche qui
brûle les amoureux.

Ils se détachèrent dans un dernier baiser.

— Et ce sera pour quand? demanda-t-il avec
des yeux d'une extase implorante.

— Il faut que j'aie le consentement de mon
père; non pas pour lui, oh! non, pour un cher souvenir. Rassurez-vous. J'ai hâte moi aussi d'être

votre femme, de m'appuyer sur votre bras, mon cher, mon cher mari!...

Claire, brisée par ces secousses successives, s'étendit sur un canapé après le départ de Paul, et se mit à rêver les yeux ouverts. Elle se promenait, éperdue, dans une série de salons brillamment éclairés où passaient, séparées d'elle par une sorte de transparent, des silhouettes connues de Kamtchatkas : Mme Toupin des Mares, Morgane, Gréveuille, Rose Coindart. Elle éprouvait une terreur secrète, car elle entendait dans ses oreilles ces mots : « Je vous aime! je vous aime! » prononcés avec un accent de mensonge et de haine. Tout à coup l'intonation changeait. Elle devenait sincère et si douce, si pénétrante, qu'elle se sentait près de mourir, traversée d'ondes voluptueuses semblables à des courants tièdes, et sa joie, son immense joie était matérielle, condensée là, dans le creux de sa main, dans la forme d'une autre main qui la pressait, la serrait et la tenait délicieusement captive... La voix de la vieille Clotilde la réveilla :

—Mademoiselle! mademoiselle! votre père est là!

— Mon père?

Elle se redressa brusquement et vit réels et
tangibles la haute stature du vieux photographe,
ses yeux noirs sous ses longs cheveux d'argent,
les bras robustes dont il l'entourait. Le baiser
paternel exhalait une forte odeur d'alcool.

Claire avait le droit d'être surprise : les visites
de cet incorrigible noceur sénile étaient infiniment rares. Ses multiples et inavouables occupa-
tions l'absorbaient à un point tel que depuis trois
mois il n'avait pas vu sa fille, se contentant de
lui écrire de longues lettres sermonneuses et dog-
matiques, où il s'attendrissait sur son grand âge,
l'approche du néant, l'espoir d'une vie future, la
suppliait de *s'établir* et de lui donner des petits-
enfants le plus vite possible. Elle le regardait,
ferme et vert encore malgré ses soixante-dix ans,
avec une tristesse profonde, car il s'était ma-
rié tard, avait tué sa femme de chagrin, et
n'avait connu aucune des joies naturelles qui
tissent à l'homme un linceul pur et digne de
respect.

— Fifille, — sa voix était éraillée, son regard
humide et vague, le geste de ses grandes mains
flasque et retombant, — Fifille, comme je passais
devant ta porte, je me suis dit que j'allais t'em-

brasser. T'as bonne mine. T'es comme une rose.
Ça va comme tu veux, l'existence?

Elle s'était remise à sa broderie, pour se donner une contenance, et à toutes ces questions
désordonnées, mâchonnées, elle répondait posé-
ment : « Oui, père ! Non, père ! » sans le regarder,
très émue.

Il semblait embarrassé, s'embrouillait dans
son discours et, de sa grosse canne à tête d'argent, dessinait sa gêne en arabesques sur le tapis:

— Tu as reçu ma dernière lettre?

— Oui, père.

— Eh bien ! franchement, il ne te dit rien ce
M. Turniquel?

— Rien du tout.

— Tu as tort. C'est un charmant jeune homme.
C'est tout à fait ce qui te conviendrait. Blétin ne
t'a pas décidée? Tu ne l'as pas vu?

— Qui donc?

— Blétin. Il m'avait promis... de décrocher
cette affaire-là.

— Si, j'ai vu maître Blétin. — Elle ne parla
point, par fierté, de la lettre de Félix, voulant garder son refus intact. — Mais M. Turniquel me
déplaît.

Le vieillard se mit à rire, d'un rire épais, stupide et qui ne cessait point : « Tu es entêtée, fifille, entêtée comme ta mère! La brave femme, quand elle avait quelque chose dans la tête, le diable lui-même ne le lui aurait pas arraché. »

Cette façon d'évoquer une pauvre mémoire chérie déplaisait horriblement à la jeune fille. Elle garda le silence. Il reprit :

— C'est que c'est un beau nom, Turniquel! Ça sonne! Tu vivras chez des reines. Tu voyageras.

— Je ne ferai rien de tout cela, mon père, puisque je suis formellement décidée à ne pas épouser M. Turniquel.

Il se leva pour mieux marquer sa surprise; mais, ne se sentant pas très solide sur ses jambes, il se rassit aussitôt :

— Ah çà! aurais-tu quelque autre idée en tête?

Elle était à ce point d'énervement où l'on ne calcule plus ses actes. D'ailleurs, mieux valait en finir. Elle répondit de son air calme et résolu :

— Oui, mon père : je suis fiancée à M. Paul Lermy.

Le visage du vieux photographe exprima à la fois l'étonnement et la colère. Ses yeux brillèrent méchamment :

— Paul Lermy le peintre! Mais tu es folle, absolument folle! Je refuse mon consentement. C'est net. — Il frappa le sol de sa canne.

Depuis son enfance elle était habituée à ces transports. Elle ne se troubla point :

— Vous réfléchirez et vous céderez. Quel droit avez-vous sur ma volonté? Si vous aviez été un père comme les autres, attentif et vigilant, peut-être attacherais-je de l'importance à vos paroles. Mais vous vous êtes complètement désintéressé de moi. Vous m'avez mise à l'écart, ainsi que vous aviez fait pour ma mère, et vous ne pouvez aujourd'hui exiger une obéissance passive, surtout dans une circonstance où je suis seule en cause...

Il écumait de rage. Il balbutiait. Il réussit à se dresser contre la chaise :

— Ingrate! tu n'es qu'une ingrate, une misérable dénaturée! M. Lermy, un routinier, un traîne-le-pinceau, un homme sans capacité, une bête à concours! Ça a eu le prix de Rome, et ça fait son malin. Ça dessine à l'heure et à la course. Lermy! qu'est-ce que c'est que ça, Lermy? Il vise ton argent. Il t'a enjôlée. Je les connais, les anciens élèves des Beaux-Arts... Ça n'a ni tenue, ni convenance... et c'est prétentieux comme des normaliens! Si tu fais cela, je te maudis, tu m'entends, je te déshérite...

— Mon père, je vous défends de parler ainsi, devant moi, d'un homme que j'aime et que je respecte.

— Je me f... de tes défenses, petite pécore! Je t'organise un beau mariage, un mariage convenable avec un Turniquel, un secrétaire d'ambassade; je charge Blétin de ronder... de mener les choses rondement, — sa langue pâteuse s'embarrassait, — et, patatras! tu démolis tout pour une fantaisie, pour une stupidité. Es-tu sourde? Répondras-tu?

Il envoya un coup de canne dans le métier à broder. Claire se leva avec indignation :

— Battez-moi comme vous battiez ma mère, ce sera complet!

— Sûrement! Une paire de soufflets, c'est tout ce que tu mérites.

Elle refoula son immense envie de pleurer : « Mon père, rappelez-vous ceci : si une fois, une seule, vous me manquez encore de respect, je ne vous revois de ma vie. Les liens qui nous attachent l'un à l'autre sont bien minces, bien

faibles : un geste de vous les brisera définitivement ! »

Quóiqu'il eût la cervelle envahie de vapeurs,
le vieil Houdraye comprit que la menace était sérieuse. Il se calma un peu : « Si ce Turniquel te
déplaît tant, on t'en cherchera un autre. Mais je
ne veux pas de Lermy.

— C'est le seul que j'épouserai.

— Nous verrons. Je regrette de t'avoir fait cette
visite. C'est une sottise que je ne recommencerai
pas de sitôt. Au revoir, fifille, porte-toi bien !

La dignité de cette retraite souffrit de maint zig-
zag. Enfin le bonhomme trouva la porte et sortit,
fuyant les yeux de Claire, immobile et muette...

La jeune fille mit la tête dans ses mains ; elle
sanglota longtemps, longtemps.

VI

SOIR DU 18 MAI 189..

EN LE THÉATRE DE L'AME ARDENTE – Direction BERQUEBERGE

9 Heures se précisant

On commencera par **LES ENTRAILLES,** brutalité sanglante en un acte, de Gaston Chénaguet.

ANATOLE . . . . . . M. Éloi.
JULIE. . . . . Mlle Baptiste.
LA SAVATE . . . . . M. Frédégon.

Suivra :

AVENAGA KORSÖR, traduit du groënlandais de Vknijp, *Norderie* en deux glaçons.

AVENAGA KORSOR.. M. Éloi.
SA FEMME. . . . . . Mlle Baptiste.
LEUR FILS. . . . . . M. Éloi fils.
LE HURLISTE. . . . M. Frédégon.

Clôtureront :

LES BEAUX JOURS D'UNE ESSENCE, abstraction rythmée due au prince Edgard de Fries. — Musique de Johannès Hallyre.

NIVINNUS . . . . . . M. Jugnat.
XILPINGA . . . . . . Mlle Suzu.
LE DIEU BORGNE DES
EXTASES. . . . . . Un amateur.
Fées, Moustiques et Bagatelles,
Figurants bien voulants.

1er *Stade :* **L'Ardu.**
2e — **La Fente.**
3e — **Rives !**

Décoration de PUSQUET DE GRIL

. Chœurs et vociférations réglés par ERNST WALLENSTEIN
Emmi la salle, quelques fleurs, don de Mᵐᵉ TOUPIN DES MARES
Fondants et Drops de CHIPET et Cⁱᵉ, 74, passage Choiseul

Ajoutez : La machinerie toute nouvelle fut réglée par les soins attentifs des frères Eugène et Maurice CESTIPLAN.

Telle était l'affiche engageante qu'un certain nombre de badauds, voyous, demoiselles de magasin et chiens sans maîtres contemplaient en haut du faubourg Saint-Honoré, à la porte du petit théâtre de l'*Ame ardente*, par ce beau soir de mai scintillant d'étoiles.

A neuf heures précises, suivant les exactes habitudes de la direction Berqueberge, la toile se leva sur les *Entrailles*. Il n'y avait encore dans la salle que ce petit lot de grincheux qu'on est convenu d'appeler « les amis de l'auteur », et les vociférations de la *brutalité sanglante*, lancées, hurlées par les comédiens, montaient jusqu'au lustre avec facilité, s'engouffraient dans les loges vides sans rencontrer nul obstacle, et retombaient sur les fauteuils de balcon, où quelques crânes irréguliers abritaient des pensées jalouses. En vain M. Éloi calottait-il à tour de bras M\ue Baptiste en l'appelant : « Vache! bougresse! » et « soupe au crottin! » en vain *la Savate* intervenait-elle, sous les traits de M. Frédégon, pour ouvrir le ventre à M. Éloi, ces gentillesses ne trouvaient point d'écho dans l'enceinte déserte. Même on réserva le baquet de sang de bœuf qui devait, à un moment donné, être lancé sur la scène, pour figure

la fâcheuse indisposition provoquée chez M. Éloi
par la présence d'un couteau, sous prétexte que
ce serait de la dépense inutile, et l'infortuné
Gaston Chénaguet, l'auteur des *Entrailles*, put se
plaindre le lendemain avec amertume d'avoir été
victime d'une cabale organisée par l'*affreux
Sarcey*.

Cette affaire liquidée à la satisfaction générale,
on s'occupa des choses sérieuses, et les machinistes s'activèrent autour du décor de la *Norderic*,
qui était compliqué, blanc crème, et d'une peinture si fraîche qu'il en restait gluant. Cependant
le public affluait. Chaque arrivant reçut un programme reproduisant l'affiche générale. Un *bois*,
dû à l'initiative de Cardon, expliquait le thème de
la soirée par une série de pâtés, de griffes de chat
et de taches de bougie au milieu desquelles se
dressait une jambe que terminait un pied à deux
doigts. Un premier éphèbe à cheveux collés s'extasia, et montra le chef-d'œuvre à un deuxième à
cheveux hérissés, lequel le passa à une éphébesse
coiffée à l'ange, qui faillit pleurer de béatitude.
Survinrent des jeunes gens de toutes formes, de
tout âge et de toutes dimensions, verts comme des
oseilles et prêts au bon combat, des adultes trapus,

des vieillards raisonneurs. Un grand dadais au masque pleurard expliquait avec force gestes à un petit bossu la signification du *hurliste*, son rôle dans les pièces groënlandaises, son symbolisme, sa supériorité sur les chœurs d'Eschyle : « C'est, ce hurliste, l'ensemble de tous les bruits des solitudes polaires, la glace qui se brise, les mugissements des ours et la grande voix du mystère à travers ces régions désolées. Le hurliste demeure invisible. Il sera admirablement *tenu* par Frédégon. »

La salle se remplissait peu à peu. On s'appelait, on s'envoyait des « bonjours » par signes, des encouragements. On lorgnait la loge Toupin des Mares, la loge Sivreuse, la loge Coindart, la loge Wallenstein. La vieille critique restait à l'écart, méprisée et honnie, mais on entourait la critique d'avant-garde, la jeune critique du *Curare*, de l'*A coups de hache*, de l'*Encensoir*, Adolphe Judas au monocle insolent, Fruitot à la trogne joviale, Rangouste âgé de cinquante ans et Palamède de quarante-cinq, Leclindère enfin, qui, fier de ses dix-neuf printemps et de sa prose à facettes, parlait plus fort que tous les autres, reprochait à Fruitot ses partis pris, à Rangouste ses adjectifs,

17.

à Palamède son ignorance du groënlandais. Le
bruit courait que VKNIJP avait quitté ses huttes,
ses morses et ses rennes tout exprès pour assister
à la représentation, et les « Kamtchatka » bien
informés désignaient comme l'auteur d'*Avenaga
Korsör* tantôt l'un, tantôt l'autre ; méprises éphé-
mères d'ailleurs et qui n'excitaient point l'indignation.

Souvenir du bon vieux temps, les trois coups
retentirent. Le rideau se leva sur une perspec-
tive de fromage blanc, et la neige commença de
tomber, irrégulière et parcimonieuse, ne dissi-
mulant pas son origine de papier grossièrement
découpé. Aussitôt le *hurliste* entreprit son vacarme,
et nul ne put lui reprocher son aphonie, car ces
beuglements ininterrompus, tels que d'un taureau
qu'on égorge, disposèrent à l'enthousiasme les auditeurs les plus rétifs. Il fut ensuite difficile de comprendre comment Avenaga Korsör, espèce de sauvage revêtu de cuir jaune et qui, joué par M. Éloi,
conservait une physionomie faubourienne, avait
pour son fils une haine farouche que sa femme
entretenait soigneusement. Celle-ci portait ses cheveux épars sur les épaules, blêmes ainsi qu'il sied
dans les régions arctiques, et elle haletait comme si

elle avait couru, en racontant sa jeunesse sinistre
et son mariage plus déplorable encore. Ce que ce
couple se reprochait était obscur et bien symbolique : ils avaient eu un jour une idée en commun,
et depuis, cette idée, ayant pris forme, les dévo-
rait. Voilà sur quoi Rangouste se basait pour sou-
tenir que la pièce était idéaliste, alors que Palamède voyait dans les intentions de l'auteur la plus
pure manifestation du réalisme septentrional.
Quoi qu'il en soit, les malheureux tombèrent à
genoux et invoquèrent leurs dieux habituels par
une sorte de psalmodie qu'interrompait à intervalles fixes l'obligatoire clameur du hurliste. Ici
un bourgeois égaré s'était permis le plus irré-
vérencieux, le plus sonore des éternuements, son
voisin, l'éphèbe roux habitué du salon Toupin,
le pria de sortir en termes qui semblaient empruntés aux *Entrailles* de Chénaguet. Le bourgeois, par ses protestations, fit concurrence au
hurliste. Des *chut!* indignés retentirent de toutes
parts. Juste à ce moment le rideau baissa sur
le premier glaçon.

Il se releva de suite, car VKNIJP n'aime pas les
longs intervalles qui coupent le cours harmonieux
de sa pensée. Celle-ci, sur le deuxième glaçon,

devint encore plus ténébreuse, et se perdit même
dans une brume dont le hurliste fut l'inutile sirène.
A la faveur d'une éclaircie le fils d'Avenaga Korsör,
le petit Éloi, âgé de sept ans et couvert de poils
d'ours, insulta ses parents avec une charmante
désinvolture, sur quoi le papa et la maman,
l'ayant assommé à coups de bâton, le dépecèrent
et se mirent en devoir de le manger. Cette minute
était celle où le soleil de minuit accomplit dans
les noirs horizons du pôle son ascension tra-
ditionnelle, et la machinerie devait fonctionner.
Par malheur, Eugène Cestiplan, qui tenait l'astre
découpé dans un transparent huileux rouge, le
laissa tomber sur la tête de Maurice Cestiplan,
qui surveillait une lampe électrique, et, surpris
par ce cataclysme, l'éteignit. L'éclipse de minuit
remplaça le soleil, tandis que les deux frères, ar-
dents symbolistes, s'adressaient mutuellement
quelques aménités en langage clair.

La salle débordait d'enthousiasme. Il y eut huit
rappels, des hourrahs. Pendant un quart d'heure
on réclama VKNIJP, dont les frénétiques éphèbes estropiaient le nom chacun à sa manière,
suivant des modulations sternutatoires qui rendi-
rent le bourgeois pensif. Un jeune Espagnol lança

son chapeau du balcon dans l'orchestre, ce qui
bouleversait les latitudes. Sivreuse, qui venait d'arriver et, de sa loge, surveillait l'ensemble, applaudissait à tout rompre, ainsi que sa mère, sortie
pour un instant de ses rêves monstrueux. Adolphe Judas entra pour saluer la famille directoriale :

— C'est parfait! C'est de l'art libre, aéré, très
large! Je féliciterai Berqueberge. Je lui dirai notre
plaisir. Je lui transmettrai vos éloges, madame.
Quand on compare ces révélations étrangères aux
piteuses exhibitions du théâtre dit national! La
France est pourrie, bonne pour la conquête.
Mais je donnerais trois provinces, moi, pour une
pièce de VKNIJP!

— D'autant plus aisément que vous êtes né à
Francfort, répliqua l'incisif Sivreuse, qui savourait les grimaces de son collaborateur.

La tête hypocrite et mielleuse de Désiré Feutrasse émergea du balcon : « Bonsoir, cher maître !
Sublime, n'est-ce pas? C'est votre avis, madame?
Bonsoir, mon cher Judas. Cela me rappelle une
page de vous, mon cher maître, que je citerai dans
ma conférence, page dogmatique comme du La Rochefoucauld, étoilée de vrai, immortelle. » — Il
criait ses éloges afin de les rendre plus sensibles.

Le bonhomme Sivreuse secouait de droite à
gauche sa large tête gonflée de sentences : « Il faut
croire que je suis une ganache. Je n'ai pas compris un mot à toutes ces balivernes, ou, si j'ai
compris, c'est puéril comme du Berquin... Ha!...
De mon temps nous étions plus difficiles dans le
choix de nos protagonistes. Qu'est-ce que c'est
que ce matamore qui aboyait de la coulisse? Cela
n'a pas rapport à l'action. C'est un hors-d'œuvre.
Et ce Kanalaga, pourquoi, dès le début, est-il
comme un enragé?

— Mais, mon père, vous niez Shakespeare, vous
niez Hamlet, toute la haute littérature. » — Le directeur du *Curare* se montait, fort approuvé par
Judas et deux ou trois éphèbes timides qui étaient
venus boire ses oracles. — « Quant à la dernière
scène, c'est du Dante tout pur, de l'Ugolin! Oh!
la belle sauvagerie! la noble sauvagerie! » Il ajusta
son monocle et distingua Félix Turniquel qui ges-
ticulait en face devant deux dames, au centre
d'une travée de fauteuils.

Le père Sivreuse s'obstinait; sa femme le fit
taire : « Assez, mon pauvre ami! Tu n'y comprends
rien; ce n'est plus de ton âge.

— Non certes, et j'en suis fier! » Il ouvrit ostensiblement les *Débats* du soir, et se mit à lire avec affectation, indifférent à ce qui l'entourait.

— Ma mère, je vous présente M. Morbougon, notre nouveau rédacteur. philosophe pessimiste. » Celui-ci était un petit homme replet, à l'air réjoui, aux joues luisantes. Il salua gauchement, écouta son panégyrique : « M. Morbougon est le fils direct de Schopenhauer, avec plus de finesse et de pénétration. Il nous a donné un article sur *l'identité des squelettes* qui est un pur chef-d'œuvre.

— A la bonne heure ! monsieur, s'écria Judas. Au moins voilà quelqu'un qui n'est pas satisfait de cette abominable existence !

— Je souhaite l'extermination générale ! — Morbougon s'inclina.

— Et moi, mossieu, je suis anarchiste !

Mme Sivreuse lorgnait avidement la loge où la baronne Wallenstein très décolletée, ruisselante de diamants, présidait une assemblée de rastaquouères aux groins jaunes, aux yeux en boule, aux moustaches vernies, aux plastrons macadamisés. Elle scrutait ces yeux cernés, ce teint livide, cette chair ferme et mate, cette bouche aux lèvres rouges. Elle forgeait d'étranges cir-

constances, des hasards, des joies illicites et comme
toujours du sang vint agrandir ces images, leur
donner l'attrait de la mort qui prolonge une voluptueuse étreinte. Cette fantasmagorie dépassait
les piètres pastiches de Morbougon. Est-il donc
vrai que dans la vie les réelles forces demeurent
obscures, et que les masques seuls soient visibles?

Cependant la baronne, que fascinait cette contemplation prolongée, prit sa lorgnette à son tour,
et à distance, s'ignorant même, sans espoir de
rencontre, ces deux vices muets se croisèrent et
se comprirent. La juive, d'un mouvement nerveux, rabattit sur son épaule ronde la manche de
son corsage noir, offrit d'elle, l'éclair d'une seconde, tout ce qu'elle pouvait à cette sœur lointaine, inconnue...

Dans les corridors, les propos bourdonnaient,
s'échangeaient, se multipliaient, se heurtaient,
se hissaient les uns sur les autres, comme leurs
porteurs se bousculaient, s'apostrophaient, se
serraient la main, s'encourageaient: « Sarcey fait
une tête! — Il n'en a jamais tant vu! — Il par-
tira! — On lui en fait avaler! — Que pense Fruitot? — Rangouste est ravi! — Leclindère me di-

sait que... » Car les Kamtchatka ont besoin de se
sentir les coudes et n'émettent jamais que des
opinions conformes à la critique autorisée, *leur*
critique, dont les arrêts sans appel font la loi.
Leur plaisir d'ailleurs ne serait pas complet s'ils
ne supposaient point furieux les *bourgeois*, les
indignes, les *non avertis*, toutes personnes infâ-
mes, méprisables, qu'enrage et que désespère le
succès éclatant des VKNIJP et autres nordistes.

Les appréciations, bien qu'excessives, étaient
monotones : «Quel génie! Ça dépasse Strindberg!
— C'est sublime! — C'est terrifiant! — Ça dégote
Ibsen, Calderon et Shakespeare! — Oh! cette
parole d'Avenaga : *Pour l'âme d'abord!* J'en ferai
ma devise. — Éloi n'a pas assez de force. — Le
meilleur a été le hurliste. — Quand traduira-t-on
tout VKNIJP? — Purgiflore s'en occupe. — Tant
pis : il ne sait pas un mot de groënlandais. »

Robert Sorpion brutalisait tout le monde et se
frayait, à grands coups de poing, un passage au
milieu des éphèbes, que sa vigueur double, physique et morale, pétrifiait. Il vitupéra : « C'est bi-
blique! Mais devant cette salle de veaux putrides
et d'ânesses, c'est infâme! On devrait les défon-
cer tous à coups de pieu... à coups de pieu! »

18

Et il poussa violemment la porte de l'avant-scène Toupin des Mares.

Celle-ci au grand complet renfermait : Mme Toupin des Mares, noire de chaleur et plus en nage que jamais, plus exaltée aussi et fébrile ; Toupin, énorme dans un énorme habit de maire de village, également en sueur, les pommettes injectées de violet, s'épongeant d'un énorme mouchoir ; Mme Saint-Lippard, osseuse et méprisante ; Gaston Saint-Lippard et son rictus ; Morgane, décolletée jusqu'à la ceinture, Siegmund, maigre comme un bâton de réglisse, les traits creusés et négligemment accoté à la paroi ; Gréveuille enfin, dans le fond, l'air morne et chiffonnant le programme entre ses doigts inquiets.

L'entrée du sympathique Sorpion parut à tous une délivrance : « Quand vous fabriquerez une tragédie comme ça, je vous paierai un carrosse de diamant ! déclara-t-il d'abord au romancier. C'est l'enterrement de vos mélasses, mon gaillard ! Ça n'est pas trop tôt. Le public, ce babouin, devient presque un homme.

— Ah çà ! Gréveuille, mon garçon, vous n'avez pas la trouille de nous tirer une tête comme ça ? s'écria Toupin des Mares, encouragé par la fami-

liarité de Sorpion. — C'est la Grivaudan qui vous
tracasse? Elle se fiche pas mal de vous! Je la vois
qui flirte avec un tas de paltoquets. Ah! les p'ti-
tes femmes! c'est-i, c'est-i mignon! c'est-i gentil!
Siegmund, ton nez! Depuis le temps que tu le
fouilles, il devrait être vide pourtant.

— Oh! que c'est agaçant! — le jeune homme
indigné quitta la loge.

— A quoi pensez-vous, Gréveuille? demanda
Mme Louise à son ami.

— J'écoute les hymnes de ces messieurs, répondit la victime résignée.

Morgane se donnait un mal infini pour expliquer à Gaston Saint-Lippard les splendeurs d'*Avenaga Körsör*. Le gnome écarquillait les lèvres
davantage, mais aucun son ne sortait de cet
antre insondable, et ses yeux exprimaient un
hébétement infini. L'excessive température faisait
son visage cuisant. Il songeait à sa pâte pour les
boutons; et tout à coup, Morgane, malgré l'habitude et l'hypocrisie mondaine, fut frappée du
hideux assemblage qu'était le physique de son
fiancé; l'espoir même de le tromper avec le subtil, l'élégant Sivreuse un jour ne surmonta pas
le dégoût que lui apporta l'hallucination subite

de ces bras autour d'elle, de cette bouche sur sa
bouche, de ce masque rieur exprimant l'amour.
Elle éprouva un insurmontable dégoût, à crier, à
vomir ; elle eut envie de le battre, de le griffer,
de le mordre, et elle détesta sa mère de lui avoir
infligé ce supplice. Elle arrêta net sa démonstra-
tion ; d'un mouvement brusque, elle envoya, de
toutes ses forces, un coup de pied dans les tibias
noueux de Gaston Saint-Lippard. Il fit : « Ah ! là !
là ! » Elle aussitôt : « Pardon, je vous ai fait mal?
Ces maudites chaises ! pardon ! » Et elle reprit
joyeuse la série de ses paradoxes.

— Ne trouvez-vous pas, demanda Mme Toupin
des Mares à Sorpion, que la *signifiance* du hurliste aurait dû être expliquée sur le programme?

— C'est moi le hurliste ! affirma le pamphlétaire. Je gueule les vérités à la face de mon siècle
sourd.

Toupin des Mares, de ses mains robustes, ma-
nœuvrait sa lorgnette dans toutes les directions :

— Ah çà ! Louise, tes fleurs, ces fleurs, nos fleurs,
où sont-elles ? Je n'en vois pas. C'est pourtant
imprimé : « *Emmi la salle, quelques fleurs, don de
Mme Toupin des Mares.* »

L'interpellée se tourna vers Gréveuille :

— Adresse-toi à Monsieur. C'est lui qui les avait commandées. C'eût été si joli : des verdures, des palmes et des bégonias claires *essemmées* le long des loges!

Le romancier maugréa : « Il faut s'en prendre à Mme Fernand. Elle a oublié. J'y suis retourné à deux reprises.

— Vous auriez dû y retourner à trois, monsieur la flemme! décréta Toupin des Mares. C'est dégoûtant! Pour une fois qu'on vous donne une commission! Je me demande à quoi vous passez votre sainte journée. On le punira, Louise. Il ne boulottera pas d'oranges glacées.

Le corps penché hors de l'avant-scène, il continua son inspection :

— Qu'est-ce qu'il a donc à grouiller comme ça, le petit Turniquel? On ne voit que lui. Et son père, le plénipotentiaire?

— Il est à Florence depuis deux jours.

— Ah! ah! à Florence? Il n'a pas le flube! Les Italiens n'ont qu'à bien se tenir. Non, mais c'est la Lévinché, cette côtelette panée, là-bas, près des Coindart! Y a du vrai monde ce soir, du rupin, à l'*Ame ardente!* On est venu pour la princesse. Moi j'aime ça, les cérémonies de jeunes, les symbolards, toute la boutique. Heu! heu! le papa Sivreuse s'agite rudement. Il n'a pas l'air content. Il ne comprend pas la nouvelle école. Pourtant c'est très simple ces histoires-là. Ce sont des concordances, voilà tout... Mon vieux Sorpion, j'ai acheté un Pusquet de Gril,... la palme bleue de l'exposition des *Chevaliers de Jérusalem.* Épatant d'idéalisme! Deux mille balles, c'est pour rien. Faut encourager les artistes...

Des *chut!* interrompirent ce monologue. Chacun reprit sa place. Lentement, solennellement, comme s'il eût eu conscience de ses hautes destinées, le rideau se leva sur le premier stade des *Beaux jours d'une essence.*

Dès le début il fut manifeste que les personnalités de leurs nationaux étaient moins sympathiques aux Kamtchatka que celle du Groënlandais VKNIJP. Johannès Hallyre avait exigé, à la suite de la répétition chez de Fries, que son prélude fût écouté dans le décor même de Pusquet de Gril: «Ainsi les regards auront leur part bienheureuse au même titre que leurs sœurs les oreilles. » Par une malechance inexplicable, la mosquée jaune, entre les arbres rouges, sous le ciel café au lait, avait été plantée de travers. de

sorte que la musique semblait exécutée au sein
d'une catastrophe immobile. Malgré les protestations furieuses de quelques fanatiques, la nature
l'emporta sur l'artifice, et des rires prirent leur
vol de toutes parts, discrets d'abord, puis réso-
lus, puis par essaims criards et vivacés. L'on
distingua le hoquet de Mme Toupin et les ébrouements de Félix Turniquel. Les efforts de l'infortuné compositeur passèrent ainsi à peu près
inaperçus, et lorsque Nivinnus fit son entrée,
personne n'eût pu affirmer qu'un orchestre invisible venait d'escamoter un morceau du célèbre
Johannès Hallyre.

L'acteur Jugnat, qui jouait Nivinnus, avait ac-
centué le décolletage de son pourpoint de satin
noir. Ce fut pour la gaîté un nouveau sarment, et
la flamme pétilla, haute et claire, devant la prose
rythmée d'Edgard de Fries :

D'où viens-je, moi l'absent éternel des allures
Mystique , nullité vague et flottante? O vous pures,
Emmi les extases adverses, jumelles pourtant des cœurs
Qu'engloutit dans la vase infecte des vainqueurs
Le Dieu borgne que hait, mais sans savoir et comme
On hait dans la noirceur multiple du plus gnome
Des ruisselants empires du milieu toujours mouillés.

◆ · · ◆ · · · · · · · · · · · · ◆

Ici les vociférations du *Dieu borgne des extases*
retentirent, si bien réglées par Ernest Wallenstein, le précieux administrateur du *Curare*, qu'il
devint impossible de suivre la tirade de Nivinnus.
Il faisait des gestes hiératiques, croisant les paumes sur sa poitrine, les élevant vers la herse,
reculant de trois pas, le torse en arrière, et gar-
dant plusieurs minutes cette fatigante posture...

Accours enfin, toi sylphe, sphynge, sirène!

Elle obéit, la ravissante Suzu, et un « Ah! » de
satisfaction sortit des poitrines oppressées quand
on la vit, dans sa tunique blanche transparente,
merveille d'Alain Le Puel le couturier, se jeter à
genoux devant Jugnat, le supplier par les plus
souples attitudes, et telles que la raideur glacée
de son partenaire devint vite incompréhensible
et choquante.

— Bécote-la donc! cria du paradis un de ces *ti-
tis* perdus qui trouvent le moyen de se glisser jus-
que dans les assemblées de « Kamtchatka », et ce
fut une allégresse générale. On oublia le respect dû,
le symbolisme, la force des abstractions; comme
des bourgeois, comme des brutes, les éphèbes,
sans souci des convenances, étaient contorsionnés

d'allégresse, et dans toute la salle les visages se
dilatèrent, les yeux se remplirent de larmes
joyeuses; les mains et les pieds, par leurs trépignements, couvrirent les *sonorités en sourdine de
violons et d'altos,* si laborieusement combinées
par Johannès Hallyre.

La princesse de Fourvandières n'avait jamais
joué en public. Elle perdit la tête. En vain le souffleur s'égosillait-il, le crâne hors de son trou et
hurlant des morceaux de rôle; en vain Jugnat,
désespéré, lui répétait-il douze fois ses répliques,
en vain Edgard de Fries lui-même, vert de rage
entre Berqueberge et Frédégon, lui envoyait-il,
de la coulisse, des paquets de sa prose rythmée,
elle pataugeait dans les adverbes, s'embrouillait
dans les épithètes, mêlait les genres, les modes
et les temps et saccageait l'œuvre du poète comme
un bûcheron affolé :

> Gladiolé, gladiolé royaume!
> Gladiolé!
> Souffrance innommable des causes rustiques!

gémissaient le souffleur et Jugnat.

> Souffrance innommable des causes rustiques!

rugissait Edgard de Fries.

Souffrance innommable des causes rustiques!

clamaient les spectateurs, car tout le monde
entendait ces merveilles à l'avance, sauf la
déplorable Suzu. Celle-ci, dépitée, furieuse à
l'idée des bonnes petites camarades qui s'amu-
saient ferme là-bas dans les baignoires, prit le
parti d'inventer à sa guise, sans se soucier des
interruptions ni du souffleur, et elle se mit à psal-
modier, d'une voix suraiguë et monotone, tout ce
qui lui passait par la tête : des bribes de Baudelaire, de Musset, de Verlaine, des fragments de
Racine et de Corneille, restes d'une éducation,
hélas! imparfaite, des fantaisies de sa composition,
des proverbes, des cocasseries. Jugnat suait dans
son pourpoint noir, et comme, à un certain moment, il devait se précipiter sur elle et la couvrir
de baisers, il devança l'instant fatal et bondit :

Ah! créature au ténébreux sourire de sabbat!

et, saisissant ces chairs délicates, ces épaules exquises, ces bras fondus, il les broya jusqu'au
bleu, passant ainsi sa rage et son humiliation. Mais
alors ce fut une inexprimable cacophonie. Johan-

nès Hallyre avait imaginé une série de cuivres
gradués qui traduisaient l'angoisse atroce de Xilpinga; celle-ci coïncidait avec la fureur lointaine
du *Dieu borgne des extases* qu'organisait Ernst
Wallenstein. Or les cuivres éclatèrent en un assour-
dissant tohu-bohu, et Wallenstein, parti trop tôt,
arriva vraiment par surcroît. Ces cris, cette tempête d'instruments et cette bataille préparèrent
pour le baisser du rideau une apothéose de comique que n'oublièrent pas de longtemps les
côtes des spectateurs de l'*Ame ardente*.

L'ivresse continua dans les corridors. Les amis
de l'auteur le lâchaient carrément : « C'est idiot!
c'est néfaste! Cela déshonore l'école!

— Voilà ce que c'est que d'introduire des blasons dans la littérature! » marmottait Verduron,
enchanté et déjà titubant, car chaque entr'acte
était pour lui un prétexte à petits verres.

Les ennemis de de Fries, et ils étaient nombreux, exultaient : « Nous l'avions dit! C'était
sûr! C'est un serin, un copiste, un poseur.

— Certainement, un poseur », déclara Sivreuse
qui cherchait Adolphe Judas et, ravi de ce four,
encourageait les défections : « J'ajoute même que
M. de Fries est un traître. Il entraîne avec lui

Pusquet de Gril et Johannès Hallyre. Ce pauvre Johannès, je vais le consoler. »

Toupin des Mares survint : il riait d'une manière formidable, montrant deux rangées de dents carnassières, et, du plat de sa robuste main, il tapaît à droite et à gauche sur les ventres et sur les épaules : «Bonsoir, Leclindère!—Où est Judas? — Ça va, vieux? Ça boulotte? — Trouvez-moi donc Migoniel, mon peintre; Pusquet de Gril aussi est mon peintre. Ah! ah! j'ai acheté sa palme bleue. — Gréveuille? Il se porte comme un charme. Il voulait filer à Florence. » Le marchand de suif apostropha Sivreuse : « Hein! croyez-vous? quelle veste! Il n'a pas la trouille, Edgard de Fries. Il est fou, ma parole d'honneur. Votre papa a l'air de s'embêter.

— Où est Mme Toupin des Mares, que j'aille lui présenter mes respects? demanda le psychologue, que cette familiarité exaspérait.

— Avant-scène *A*, mon petit, avec Gréveuille. Moi je vais m'enfourner un demi : je claque de soif et de chaleur.

Le colosse, tel qu'un vaisseau dans la houle, continua sa navigation.

Sivreuse se fraya difficilement un passage jus-

qu'à l'avant-scène. Il y trouva quelques-uns de
ses rédacteurs, le philosophe Morbougon et un
vieillard abruti, à figure désolée et à perruque,
M. Clouvel, employé supérieur à la ville, sur-
nommé Totor, dont la réputation de naïveté
était universelle. Gaston Saint-Lippard était allé
promener son rictus. A l'entrée du directeur du
Curare, Mlle Morgane tressaillit. Il la salua cérémonieusement, et elle l'entendit murmurer à
l'oreille de sa mère : « Insuccès complet! Elle en
aime un autre! » A quoi Mme Toupin des Mares
répondit : « Paul Lermy, sûrement. Je m'en doutais! » Puis ils parlèrent de choses et d'autres,
du four d'Edgard de Fries, de la robe de Suzu, du
pourpoint de Jugnat.

La petite porte de la loge céda devant le baron
des Murènes, que sa myopie excessive faillit dès
le début faire tomber sur les genoux de Mme Toupin des Mares. Il cligna de l'œil : « Heu! heu! ça
va mal! Les grandes pensées viennent du cœur.
Et je serais désolé d'apprendre que M. de Fries
est un sans-cœur. Heu! heu! »

Confidentiellement il ajouta, se tournant vers
Mlle Morgane, qui boudait sa grande girafe de
belle-mère Mme Saint-Lippard : « Mon cousin, mon

propre cousin, le comte des Murènes avait consenti à jouer le *Dieu borgne des extases;* c'est lui
l'amateur, sur le programme. Mais je lui ai fait
passer un poulet dans les coulisses. Je lui con-
seille de s'abstenir. Bien qu'il fasse chaud, l'atmosphère est trop fraîche. »

Il sourit malicieusement de son trait d'esprit.
Personne ne lui donnait la réplique. Sivreuse
inspectait la salle sévèrement. Le vieil élégant se
leva : « Au revoir, madame! Mademoiselle, à
bientôt.

— Où allez-vous donc, des Murènes?

— A Florence, madame : je n'ai jamais vu les
Botticelli, et à mon âge il est prudent de s'instruire
pour faire son rapport d'outre-tombe au bon
Dieu.

— Charmant! charmant! Je vous envie. Quelles
merveilles vous contemplerez! J'ai passé à Florence et à Bayreuth les jours les plus *immarces-*
sibles de ma vie. Au revoir donc, baron. Heureux
voyage et prompt retour!

Des Murènes en sortant heurta Gréveuille qu'il
ne reconnut point. Le romancier avait cherché
en vain Mme Grivaudan, et, furieux de sa captivité,
il se rencogna dans le fond de l'avant-scène...

Cependant la jeune critique fourbissait ses
armes, empoisonnait ses javelots. Fruitot, Ban-
gouste et Palamède, sous le péristyle du théâtre,
se concertaient sur les moyens d'écraser Edgard
de Fries, sans concession néanmoins aux rétrogrades : « Mon conseil à moi, proféra Palamède,
c'est du mépris, du mépris, encore du mépris !
Nous chassons M. de Fries de la jeunesse. C'est
un transfuge. Je le comparerai à Brunetière.

— Ce ne sera pas si paradoxal, opina Fruitot, —
qui n'avait qu'une éducation extraordinairement
primaire, mais n'en posait que davantage pour la
connaissance de l'antiquité : — Racine, Euripide,
Térence, Brunetière, Edgard de Fries, voilà la
lignée.

Autour d'eux plusieurs éphèbes remuèrent la
tête en signe d'assentiment...

Félix Turniquel avait arboré pour la circonstance un plastron de chemise demi-mou hérissé
de petites boules blanches, soudé par un seul
bouton en topaze cerclée de brillants, l'ancienne
épingle de cravate du vénérable physiologiste Jean
Turniquel, et il se laissait flotter comme une
bouée à la surface de la foule, dans les corridors,
persuadé que chacun se retournait sur son pas-

sage et l'admirait : « Vous savez, ce beau jeune
homme, là, avec une barbe blonde, c'est le diplomate Félix Turniquel, le fils de Célestin Turniquel! » Son chapeau l'inquiétait bien un peu,
sujet à s'effarer dans la cohue. Même il le prit un
moment à la main, mais il réfléchit que ceci lui
donnait une attitude inférieure vis-à-vis *des
autres, tous couverts*, et il le replaça sur sa tête. Il
distribuait des fortes étreintes gantées de blanc
à tort et à travers, à des inconnus, à des célébrités, à des gens qu'il avait vus deux fois, une
fois, une demi-fois, à un enterrement, à un mariage, dans une soirée officielle. A chacun il répétait : « Stupide! dégoûtant! infect! Ah! ah!
Infect! » comme il voyait faire aux autres, et la
silhouette nobiliaire d'Edgard de Fries lui semblait singulièrement diminuée par ce four. Tous
ses efforts tendaient à gagner les orifices qui, des
corridors, conduisent aux fauteuils. Là, dans l'espace réservé aux strapontins, il faisait des effets
de torse, lorgnait de côté et d'autre, éclatait tout
seul d'un rire bruyant, histoire d'attirer un peu
l'attention, de tourner la cervelle aux dames et
aux jeunes filles et d'exciter chez les mâles une
envie mêlée de respect. Il distingua Robert Sor-

pion dans l'avant-scène Toupin des Mares, et
remit sa visite à l'entr'acte suivant, car les vociférations du pamphlétaire l'inquiétaient. D'ailleurs il s'était déjà prêté aux démonstrations
familières de Toupin. Il se demanda s'il devait
saluer les Sivreuse, qu'il ne connaissait que de
vue. Mais, comme il se posait ce grave problème,
il aperçut au balcon, tout près de lui, Mme Lévinché. Il se rua sur cette malheureuse personne,
dont la physionomie semblait plus en détresse
encore qu'à l'ordinaire et analogue à une des conceptions de Morbougon le pessimiste. Elle eut
du mal à mettre un nom sur ce visage rose et
réjoui qui plongeait devant elle avec insistance :
« Félix Turniquel, secrétaire d'ambassade, madame; Félix Turniquel!... Plaisir de vous rencontrer chez Mme Toupin des Mares... Soirée ravissante... ravissante... pfètement! Ah! ah! Norderie
superbe... Edgard de Fries infect... Princesse de
Fourvandières admirable... Mon père est à Florence... parti à Florence... Affaire très grave!
de la dernière importance! » Elle l'écoutait à
peine, nonchalamment appuyée sur un coude, et
bien que la place fût libre à côté d'elle, elle ne
l'invita point à s'asseoir. Il la quitta.

19.

La délicieuse Suzu, impressionnée par le billet laconique et les remontrances de Sivreuse, et craignant de voir sa proie millionnaire lui échapper, avait promis au secrétaire d'ambassade de lui ouvrir le paradis ce soir même. Il devait la reconduire quai de Billy après la représentation. Félix Turniquel, à qui cette pensée procurait une exaltation triple, jugea diplomatique et plus distingué de n'aller féliciter sa conquête dans les coulisses qu'entre le deuxième et le troisième stade : cet entr'acte-ci devait être entièrement consacré par lui aux politesses. Il avait déjà prévenu Léonard Gréveuille, Mme Grivaudan et le baron des Murènes du départ de son père, Célestin Turniquel, pour Florence. Mais il fut bien autrement joyeux de rencontrer Jacques Sivreuse au sortir du balcon : « Comment va, cher? Je suis ici en garçon. Ah! ah! mon père, le ministre plénipotentiaire, est à Florence! »

Le psychologue, depuis la lettre à Claire, se tenait sur ses gardes vis-à-vis de Félix. Cet accueil chaleureux l'étonna : « Il n'a donc point vu Mlle Houdraye? » se dit-il. Mais sa surprise fut de courte durée :

— Expliquez-moi donc, lui demanda le diplo-

mate en le prenant à l'écart et très fier de cet
aparté avec le directeur du *Curare*, expliquez-moi,
mon cher, comment il se fait que Mlle Claire Houdraye a reçu la lettre, vous vous souvenez, ma
lettre de démission fictive, qui devait rester entre
nous? Moi j'avais gardé le secret. Ah ! ah! pfètement ! Mon père et maître Blétin m'ont fait une
scène épouvantable. Il n'y avait pas à nier. En
pareille circonstance le prince de Bismarck, mon
modèle, avoue toujours. Ah! ah ! j'ai avoué. D'ailleurs la franchise, depuis des siècles, est l'apa-
nage de notre famille.

Sivreuse ne se troubla point : « Vous me voyez
désolé, mon cher ami. Suzu m'arracha la lettre
dès que je la lui eus montrée, et c'est elle la cou-
pable. Mais, au nom du ciel, le silence! Votre
succès est à ce prix. C'est une trahison de la part
de la princesse, mais elle a pour excuse la jalousie, et vous auriez mauvaise grâce...

— Pfètement! pfètement! compris! Ça me coûte
trois millions. Blétin me les retrouvera. Mon père
aussi. Moi je vous en sais gré, car... car... — et
dans l'oreille de Sivreuse il glissa : — Ce soir, on
couronne ma flamme ; oui, ce soir même. Chut,
mystère! Ah ! ah !

Les breloques retentirent.

— Mes félicitations ! Vous aurez une amoureuse encore chaude de son succès.

— Charmant ! tonnant ! exquis ! Venez-vous avec moi mettre nos hommages aux pieds de la baronne Wallenstein, de ce côté, avant-scène *B?*

— Mille regrets, impossible : j'en sors.

— Adieu et merci ! C'est à vous que je dois… Ah !… pfètement !

La loge de la baronne Wallenstein, que Félix Turniquel eut du mal à atteindre, était bondée d'une multitude composite de rastaquouères et de messieurs très corrects à profils de pharaons et à barbes d'un noir de jais qui parlaient avec un fort accent tudesque. Ernst Wallenstein, petit, insignifiant, aux paupières clignotantes comme un oiseau de nuit, expliquait la peine qu'il avait eue à régler les vociférations, la sottise incroyable des figurants, lesquels étaient tous cependant des jeunes gens du monde, et le désespoir d'Edgard de Fries : « Bien qu'administrateur du *Curare*, je n'ai pas d'influence sur la rédaction. Judas sera terrible. C'est ce qui me désole.

— Il a bien du dalent, Chudas, dit doctoralement un de ces hauts personnages, le baron Hurphen, qui accaparait à la fois le cuivre, le blé falsifié et la viande de bœuf pourrie destinée à l'armée française.

— Certes, mais c'est un écrivain intraitable.

— Gombien lui rabborde un ardicle à Chudas et en chénéral à un groniqueur de bremier rang?

— Ah! ceci, baron, c'est le secret de la caisse. Écrivez quelque chose, envoyez-le à Sivreuse, et vous le saurez.

— Che n'égris pas, moi. Mais mon nefeu, le bédid Gounsteim est sympoliste. Il a bien du dalent aussi. C'est à son bère cette pelle maison qui vait lé coin de la rue de Mirosmesnil.

La baronne Wallenstein présentait à Turniquel son entourage, une série de bipèdes noirs et jaunes, couverts de bijoux, à têtes de chevaux, de béliers, de renards et de tapirs, et qui, par la transpiration, exhalaient une forte odeur de bouc.

— Mon cher Félix, le marquis de Betsabé, avec qui vous avez, je crois, joué la comédie de salon chez la comtesse de Scudermo! — Mon cher Félix, M. Griffanocalo, agent de change!

Griffanocalo avait un œil gâté, jaune et blanc, les cheveux huileux et collés, et d'énormes moustaches vernies. Il était coulissier, courtier marron à Paris, pickpocket à Londres et à New-York, correspondant de journaux à Berlin, tenancier d'une maison de jeu à Constantinople et d'un mauvais lieu à Vienne, conseil d'une banque catholique à Rome. C'était la coqueluche des salons interlopes où se rencontrent la noblesse décavée, la finance et la politiquaillerie. Point de bal où il ne fût invité; point de courses où ses chevaux ne remportassent quelque victoire; point de five o'clock où il n'eût sa tasse et ses rôties.

A force de s'incliner, Turniquel avait mal à l'échine et il sentait ses gants craqués en deux endroits. Néanmoins il eut encore la force de déclarer à Griffanocalo que Célestin Turniquel était à Florence et de féliciter l'estimable industriel sur le récent triomphe de sa pouliche « Gambetta »; car Griffanocalo était un patriote convaincu dans chacune des nations où il avait élu domicile, et son chauvinisme était même un sujet de raillerie pour les Kamtchatka.

Ceux des spectateurs que leurs nombreuses relations ne retenaient pas dans les corridors commençaient à s'impatienter de la longueur démesurée de l'entr'acte et à frapper du pied en cadence.

Félix s'excusa de sa brève visite auprès de la baronne Wallenstein et s'évada rapidement, car il avait encore une politesse à exécuter chez les Coindart.

Dans la loge de ceux-ci le diplomate, malgré sa distraction vaniteuse, respira dès le début comme une atmosphère d'angoisse. Rose Coindart dardait sur Véronisse un regard froid et singulier. Son mari, d'ordinaire si gai, roulait des yeux en bille. Termund Green paraissait très absorbé par la contemplation du programme. Quant au philosophe, il faisait des grâces, rapprochait ses genoux de la chaise de son interlocutrice, agitait ses mains osseuses couvertes de longs poils blonds.

Rose, se fiant aux conseils de Sivreuse, s'occupait à détourner la jalousie subite de son mari. Elle feignait donc de négliger, de dédaigner même Termund Green et réservait toutes ses grâces et minauderies pour Véronisse, qui, sans rien comprendre à cette aubaine, n'en n'était pas moins extrêmement fier.

Les trépignements de la salle augmentaient d'intensité ; et un mauvais plaisant avait imaginé de réclamer Suzu de cette manière irrévéren-

cieuse: FOUR-VAN-DIÈRES! FOUR-VAN-DIÈRES! L'inno-
vation eut du succès.

« Si j'étais le maître, déclara languissamment
Termund Green avec un fort accent anglais, je ferais massacrer tous ces gens-là. Ils me dégoûtent,
ils sont ignobles. J'en choisirais quelques-uns
pour mes supplices : on les empoisonnerait lentement, avec des herbes spéciales, des grandes
plantes jaunâtres qui poussent en Afrique et dont
le jus est sucré. J'ai un ami qui m'en a envoyé
des bottes. Ils auraient une agonie silencieuse.
Cela nous vengerait de leur tapage, et ils devien-
draient jaunes, eux-mêmes, comme des têtes de
cire au crépuscule. Ce serait si joli ! » Dans sa tête
de bébé véreux, les yeux tout petits luisaient
d'une manière diabolique, et ses mains nerveuses,
chargées de bagues, tressaillaient.

Turniquel essaya de rire, mais la gaîté sonnait
faux dans cette enceinte. Rose lui dit : « Cher
monsieur, restez donc avec nous pendant l'acte :
ce sera un plaisir pour nous tous.

— Ah ! ah ! grand merci, madame, pfètement !

On parla de Florence. La moitié des Kamtchatka
avait fui vers la cité sainte. Cet exode nuirait à la
soirée de la comtesse de Scudermo.

— Quand est-elle donc cette fameuse soirée ? demanda Félix : j'ai reçu tout à l'heure mon invitation, que j'ai reconnue au cachet d'armes parlantes, mais je ne l'ai pas ouverte.

— Dans huit jours, répondit Rose, qui se réjouissait du succès de son stratagème et bénissait Sivreuse, car le peintre ne perdait pas de vue le philosophe et paraissait en proie à une fureur extrême.

— C'est à Bayreuth que je retournerai cette saison, murmura Termund Green. Mes nerfs ont besoin de *Parsifal*. Je voudrais vivre dans le château de Klingsor, avec les filles-fleurs et boire des philtres tout le long du jour, appuyé à des terrasses de marbre. On entendrait en bas éclater les aloès. Le ciel serait comme du sang, comme une veine ouverte.

La toile se leva pour le deuxième stade au milieu des rugissements soulagés de l'assistance. Le directeur Berquèberge, large comme un muid, en sa qualité d'ancien baryton, s'avança devant le souffleur pour une annonce : « Mesdames, messieurs, notre amateur se trouvant brusquement indisposé, le rôle du *Dieu borgne des extases* sera lu par M. Frédégon. »

Le comte des Murènes avait écouté les avis de

20

son cousin et abandonné de Fries. En outre, devant l'hostilité manifeste des spectateurs, on avait résolu de pratiquer dans le deuxième stade de larges coupures, de sorte que la *Fente* était réduite du tiers. Le décor n'avait pas changé, sauf que la mosquée était droite. Le costume et le zèle de Jugnat furent identiques ainsi que le manque de mémoire de Suzu, qui cette fois portait une tunique bleuâtre stellée de paillettes d'argent. La musique de Johannès Hallyre demeurait imperceptible. Les vociférations avaient disparu. Mais Frédégon, l'ex-hurliste, se chargea de renouveler l'allégresse. Le pauvre garçon possédait un accent belge extravagant, et dès qu'il eut articulé les premiers vers de son rôle, ce fut, du parterre au cintre, une hilarité sans bornes :

J'arrive, moi, crevé d'un œil et quant à l'autre,
Inspiciant la vérité que le manteau du mensonge
Obscurcit : tel dans la vapeur nocturne le songe.

On lui criait : « A Bruxelles. Sayes-tu, monsieur ? — Pour une fois ! — S'il vous plaît ! » On lui jeta des quartiers d'orange.

M'enfuis, laissant ma divinité comme on laisse
La lie du vin, l'aigre du lait et la mollesse
De la tétine de truie sauvage.

« Assez ! assez !... Dégoûtant !... Mannkenpis !...
A Bruxelles !... Sayes-tu, monsieur ?... »

Véronisse avait maintenant ses longues jambes
contiguës à celles de Rose Coindart, et il lui faisait la cour de si près qu'elle respirait son haleine fade. Il se sentit toucher l'épaule : « Vous,
suivez-moi tout de suite : j'ai à vous parler » ; et,
se retournant, il vit avec surprise la figure décom-
posée de Coindart. Il obéit. Les corridors étaient
déserts. Leurs pas retentissaient. Ils descendirent
l'escalier, prirent deux contremarques, sortirent
dans la rue. Le peintre marchait devant, à grandes
enjambées, et son compagnon, stupéfait, arpentait l'asphalte à sa suite. Ils entrèrent chez un
marchand de vin, s'assirent dans un coin, devant
une table poisseuse. D'une voix brève et rauque
Coindart commanda : « Deux orgeats ! deux
chartreuses ! n'importe quoi ! vite ! » et mit ses
mains sur les épaules de Véronisse : « Mon cher
ami, si vous continuez à compromettre ma femme
de cette façon indécente, je vous casse la gueule
d'un coup de revolver, tout simplement ! Vous
m'entendez ? tout simplement ! »

La tête blême, triangulaire, du philosophe
avait une expression égarée et stupide. Il bafouil-

lait : « Mais je... sans comprendre... quand
donc? » et il cherchait avec angoisse sa dignité de
disciple de Marc-Aurèle perdue au fond d'une
peur atroce.

Coindart était vraiment terrible ; ses doigts tremblaient sur les maigres clavicules de son adver-
versaire. Il les détacha, les écarta sur la table, et,
pendant tout son discours, ils frétillaient encore :
« Depuis une semaine je vous observe, je ne vous
perds pas de vue une seconde. J'ai une confiance
absolue en Rose. C'est une femme admirablement vertueuse et qui ne songe qu'à ses devoirs,
mais elle a des absences, des bizarreries. J'ai
d'abord rendu l'Anglais responsable. Aujourd'hui
je suis fixé : c'est vous, vous que j'appelais mon
ami, presque mon frère, qui essayez de me
tromper! Alors j'ai acheté un revolver, j'ai bien
réfléchi, tout pesé, et je suis prêt à vous abattre
comme un vulgaire perdreau... Mais songez donc,
malheureux! que cette femme me grise, qu'elle
m'affole, qu'elle est mon cœur, mon sang, que
sans elle je ne tiendrais pas plus à mon existence
qu'à la vôtre ! »

Le stoïcien grelottait. Toute sa fatuité s'éva-
nouit: « Je vous jure, sur mes livres saints à moi,

mes livres sacrés, Socrate et Épictète, que je suis pur de tout reproche. C'est grave, c'est très grave! Je ne reverrai plus jamais Mme Coindart. Il me devient impossible... Comme je l'ai dit dans une conférence, un philosophe ne doit pas être soupçonné. Je ne serai pas soupçonné! »

Ces paroles bizarres et ces attitudes firent lever le nez à deux malandrins qui jouaient sinistrement aux cartes à une table voisine.

Coindart se calma aussi vite qu'il s'était irrité: « Alors vous me promettez que jamais vous ne ferez aucune tentative, que vous renoncerez à tout projet infâme? »

Véronisse, heureux d'en être quitte à si bon compte, s'écria: « Je le jure! » d'un ton de mélodrame, et ils rentrèrent au théâtre, excellents camarades, comme le deuxième stade s'achevait au milieu des éclats de rire qui n'avaient point faibli...

« C'est une bouffonnerie, pas autre chose. Quant à de Fries, son compte est bon. Il n'a plus qu'à se retirer dans ses terres. Nous le bannissons, n'est-ce pas, Judas? n'est-ce pas, Fruitot? Je n'assiste pas au troisième stade, j'en ai assez. Je vais porter la bonne nouvelle dans les salles de rédaction... » Sivreuse lançait ces paroles aux critiques d'une voix tranchante. Il avait son paletot ouvert, sa canne sous le bras, une parfaite aisance, et il éprouvait ce contentement que donne la pleine possession de la vigueur physique.

Comme il se dirigeait vers l'escalier, il aperçut Paul Lermy qui venait à sa rencontre du même pas alerte et décidé. Les deux jeunes gens se croisèrent, et l'échange bref de leurs regards souleva en eux des forces adverses. Lermy, bien que transporté de joie depuis quelques heures, depuis ses fiançailles avec Claire, n'avait pas oublié les menaces du psychologue et la scène de l'après-midi. Sivreuse voyait dans son rival une perte sèche de trois millions et surtout le symbole d'une défaite, d'une tache ineffaçable à son orgueil. A tous deux la même idée vint presque en même temps, car la haine, ainsi que l'amour, associe les intentions, accouple les images. Ils se retournèrent, et nettement, froidement, comme d'après une pacte tacite, il y eut bousculade, échange d'injures et de cartes.

— Je suis heureux de ce hasard, dit le directeur du *Curare* en pinçant les lèvres, car il y a long-temps, monsieur, que je vous tiens pour un drôle.

— Oh! moi, monsieur, répliqua le peintre avec un sourire, je me contente de vous mépriser.

Un petit groupe s'étant formé, ils y choisirent sur-le-champ leurs témoins : Ernst Wallenstein et Judas pour le psychologue, Clouvel dit Totor et Verduron pour Lermy; puis, après un profond salut, chacun s'en alla de son côté...

Félix Turniquel marchait comme s'il avait eu des ailes. Il arriva au bout d'un corridor où se trouvait une porte, et, se rappelant les instructions de Suzu, il demanda à l'ouvreuse de la lui ouvrir. La vénérable dame s'y refusa, sous prétexte que ce n'était point son métier. Félix argua de sa fonction, de son nom, de sa race, mais en vain. Du pommeau de sa canne, un œil-de-chat superbe, il frappa désespérément. Enfin l'obstacle céda, et, bousculant l'obligeant machiniste, le secrétaire d'ambassade se trouva sur la scène. Là, près d'un indifférent pompier, et tandis qu'on lançait des cordes et que de gros morceaux de carton de couleur glissaient dans diverses rainures, un groupe de quatre personnes discutait avec une certaine animation :

— Vous êtes le dernier des salauds!

— Et vous une crapule et un mufle !

C'était Frédégon à qui Berqueberge reprochait son accent belge devant Éloi et Mlle Baptiste. A quelques pas, Éloi fils, âgé de sept années, sommeillait contre un portant.

— Côté cour le six ! côté cour ! attention !

Le diplomate fut bousculé par quelques vigoureux gaillards et faillit recevoir sur son chapeau un fragment de palais doré avec des lions et un prêtre égyptien.

— Je vous dis que vous faisiez rigoler ces cochons-là exprès...

— Pardon, monsieur ! la loge de la princesse de Fourvandières ? Je suis perdu, littéralement perdu.

— Je m'en fous un peu de la princesse de Fourvandières ! Au fond, à droite.

Berqueberge n'était pas content. L'ancien chanteur avait dépensé, pour monter les *Beaux jours d'une essence,* une petite somme dont la destinée lui semblait en cette minute fort précaire. Depuis le commencement de la soirée il insultait tout son personnel, à tel point que sa voix de baryton en était éraillée et qu'une partie de sa colère passait en gestes, colère de théâtre heureusement, prompte à céder devant un bock.

Félix Turniquel, à l'extrémité de la scène, se

trouva au pied d'un petit escalier en colimaçon.
Il entendit des cris étouffés et, au premier étage,
rencontra Toupin des Mares :

— Tiens, vous voilà ? s'écria le marchand de
suif. Qui est-ce qui gueule donc comme ça ? Il y a
un quart d'heure que je cherche Edgard de Fries.
Bon Dieu de bois ! quel four ! Ma femme en est
malade.

A ce moment Jugnat, en pourpoint noir, le
visage gluant de farine et furieux, sortit du mur
par enchantement, une serviette à la main et appelant : Adolphe ! Adolphe !

— Pourriez-vous nous renseigner, monsieur,
sur l'endroit où se trouve votre auteur ? demanda
cérémonieusement Toupin des Mares.

— Au bout du corridor, dans le cabinet du patron. Adolphe ! Adolphe !

Les clameurs continuaient plus stridentes. Suivant l'indication de Jugnat, les deux voyageurs
arrivèrent à une porte couverte d'affiches, et,
l'ayant poussée, entrèrent dans une pièce étroite,
fumeuse, éclairée durement par deux becs de gaz
sans globes. Dans un coin Edgard de Fries, affaissé,
brisé, morne et silencieux, son bouton sur le nez
proéminent et rouge, écoutait sans entendre les

condoléances de l'abbé Serbe, de Morbougon et de Désiré Feutrasse. Celui-ci semblait désolé :

— Vous aurez votre revanche, mon cher maître, et nous l'aurons avec vous. C'est une cabale monstrueuse. Mais je tiens les fils du complot.

— C'est le grand désastre initial de vivre, déclarait le pessimiste.

L'abbé Serbe parlait si bas qu'aucun son ne traversait l'air. Il était d'une élégance suprême. Sa soutane un peu relevée laissait voir des bas bien tirés et de véritables escarpins brillants comme des miroirs.

— Avez-vous été satisfait de ma musique, au moins? demanda Johannès Hallyre à Toupin des Mares.

— Quelle musique? Il y avait donc de la musique? Eh bien! mon petit, c'est que j'ai du coton dans les oreilles ou que je suis sourd. Je ne m'en serais pas douté.

C'était la vingtième fois que le compositeur adressait cette question et qu'il recevait la même désolante réponse. Sa gloire s'effondrait. A côté de lui Pusquet de Gril, le décorateur, avait un sourire amer. Les frères Eugène et Maurice Cestiplan, complètement ivres à la suite de nombreuses

libations, avaient renouvelé pour la mosquée, au
second stade, le ridicule incident du soleil de
VKNIJP : au lieu de la faire lentement glisser de
gauche à droite, comme la forêt de *Parsifal*,
ils l'avaient élevée soudain dans les frises, au
risque d'assommer les machinistes et d'éteindre
les herses. Elle était maintenant une informe
bouillie.

Toupin des Mares s'efforçait de consoler tout
le monde : « Ça n'est pas une affaire. Des tas de
pièces sont emboîtées. Moi, à votre place, j'irais
souper : un verre de champagne et on n'y pense
plus. Ah! là, là! nous autres dans le commerce
nous en voyons d'autres !

— Et dans la diplomatie! Ah! ah! pfètement!
Mon père un jour à Londres...

Turniquel s'embarqua dans une anecdote
qu'interrompit l'arrivée de Berqueberge. Sa rage
calmée faisait place à l'abattement dans l'âme
primitive du directeur de l'*Ame ardente*. Il maugréait : « Quelle guigne! quelle guigne! » et, par
économie, baissa le gaz.

L'abbé Serbe, haussant un peu le ton, déclara :
« Je vous quitte. Je vais prendre des nouvelles de
la princesse. »

Électrisé par ces paroles, Félix suivit le prêtre...
Dans sa loge, drapée d'étoffes claires qu'elle avait
fait tendre le matin même, Suzu, dévêtue et pâmée, achevait cette crise de nerfs dont les échos
vibraient encore. A genoux près d'elle, le beau docteur Tismet de l'Ancre lui tâtait le pouls, tandis
que sa femme de chambre lui faisait respirer des
sels. Alain Le Puel, le couturier, qui avait une
tête de renard et était habitué aux scènes de ces
dames, causait plein d'indifférence avec Chipet,
le marchand de bonbons, principal actionnaire
du théâtre, dont la barbe faisait concurrence à
celle de Turniquel. A terre gisaient des robes de
couleur, piétinées et froissées. Sur une petite
table, des pots de pommade et de fard couraient
les uns après les autres. Un miroir fêlé reflétait
ce gâchis et cette assistance. Cela sentait la sueur,
l'ammoniaque et l'eau d'houbigant.

Suzu, bien que languissante, reconnut l'abbé
Serbe et le diplomate. Elle leur tendit une petite
main moite, murmura : « Je veux m'en aller! je
veux m'en aller!

— Vous le pouvez, princesse, dit Tismet. Le
pouls est excellent. J'irai vous voir demain. Un
régime fortifiant de quinze jours; une saison

d'eaux, il n'y paraîtra plus. J'indiquerai le traitement à votre femme de chambre.

Aidée par celle-ci, Suzu se redressa et consentit à revêtir une jupe de ville et un corsage. Les sanglots oppressaient encore cette délicate poitrine, dont Turniquel très ému observait la houle harmonieuse. Il rappela timidement la promesse : « Je vous raccompagne, n'est-ce pas, princesse? »

Suzu gardait toujours sa présence d'esprit dans les crises de nerfs. Elle abaissa sa jolie tête en signe d'assentiment. Dans ses grands yeux bleus brillaient les dernières larmes d'un orgueil froissé. Elle arrangeait sur son front ses cheveux si légers avec des gestes de déesse antique.

Survint Berqueberge qui se multipliait : « Comment, princesse, vous partez? Mais vous tuez la pièce! Le troisième stade va commencer, et Xilpinga y a son rôle. »

Tismet intervint : « Ma cliente est trop souffrante, monsieur... »

La grossièreté native de Berqueberge, ainsi qu'un diable, ressortit :

— Vous, fichez-moi la paix. Madame s'est engagée à jouer les *Beaux jours d'une essence :* elle jouera jusqu'au bout, ou elle paiera un dédit.

21

— Félix, réglez cet importun, dit Suzu avec un accent de reine. Je vous rendrai l'argent.

— C'est dix mille francs! déclara Berqueberge imperturbable. Il avait réfléchi que cette somme couvrait deux fois ses *frais*.

— Je ne les ai pas sur moi, répliqua Turniquel interloqué.

— Alors faites un billet.

— Pfètement, pfètement!

Et victime de sa vanité, de sa bonne fortune, de la circonstance, le secrétaire d'ambassade s'engagea, séance tenante, pour deux années de son traitement, car l'encre, le papier et la plume sortirent miraculeusement des poches du directeur de l'*Ame ardente*.

Comme Berqueberge, très amadoué, partait en s'excusant, une petite femme minaudière parut : « Les fleurs de Mme Toupin des Mares, commandées pour la soirée par M. Gréveuille! Palmes, verdures et bégonias, de la maison Fernand! »

Personne n'y comprenait rien. Seul, le subtil Tismet, dont l'âme était noire comme la barbe et qui avait fait de la misère au Quartier latin, savait exploiter le hasard. Il emmena la fleuriste dans le corridor, prit subrepticement livraison de la commande facturée et acquittée; et voilà comme les « palmes, verdures et bégonias » destinés au kamtchatkisme passèrent dans les boudoirs de plusieurs demoiselles du quartier de l'Europe, et de quatre femmes d'académiciens dont l'aimable agrégé sollicitait les suffrages.

— Alain, vous me reprenez ces robes, implora avec une moue mutine la princesse de Fourvandières déjà prête.

— Ah! chère amie, c'est une affaire...

— Allons, allons, soyez gentil! Je vous en paierai la moitié. Félix s'entendra avec vous.

Turniquel commençait à s'effrayer. Pourtant il fit bonne contenance et prit un ton rogue :

— Cela me regarde, monsieur.

Alain Le Puel s'inclina. Chipet eut le sourire d'un homme qui sait la valeur de l'argent...

Quelques minutes plus tard, Suzu et le diplomate, emportés dans le plus élégant des coupés, au trot sec du plus fringant des chevaux, préludaient par des finesses de langage à des jeux moins innocents.

— Vous avez été merveilleuse, ravissante, exquise! disait Turniquel, qui serrait amoureusement une petite main parfumée et la portait sans

cesse à ses lèvres. Quand la voiture passait dans
une zone lumineuse, il voyait le joli visage et les
yeux profonds de son amie. Mais l'obscurité lui
était plus chère encore.

Elle eut une inspiration subite, et, sortant à
demi son corps fluet par la portière, elle donna
une brève indication au cocher, qui, sur-le-
champ, changea de route.

— Je suis trop énervée, Félix, pour rentrer
sitôt. Une courte promenade nous fera du bien.
Êtes-vous déjà allé au Château-Rouge? Non, n'est-
ce pas? C'est trop canaille pour un diplomate.

Elle lui expliqua que le Château-Rouge était,
rue Galande, un établissement où tous les escarpes
et batteurs de pavé de la rive gauche venaient
boire et dormir, jusqu'à deux heures du matin.
Turniquel eut un court frisson à l'idée de ce personnel, une déconvenue aussi, car, du vieux sang
poitevin de ses grands parents, quelques gouttes
restaient dans ses veines. Il jouissait de cette voix
nerveuse, un peu dure, que Suzu savait habilement nuancer, selon les phases de ses sentiments:
« Moi, j'adore la canaille, les gens du bagne, qui
sentent mauvais et disent des gros mots, des mots
bien ignobles. J'aimerais avoir chez moi, à de-

meure, un cocher d'omnibus ou un balayeur, qui cracherait sur le satin blanc et fumerait sa pipe dans ma chambre.

— Ah ! ah ! vous êtes singulière, pfètement singulière !

Elle devint caressante : « Imaginez-vous, Félix, que, pendant toute cette stupide représentation, je ne pensais qu'à vous ; je jouais pour vous. Je songeais : M'aime-t-il vraiment ? exposerait-il sa vie pour moi ? Car la passion seule m'attire et m'enivre. Ce qui fait que j'avais consenti à figurer dans cette pièce de de Fries, idiote d'ailleurs et qui méritait son four, c'est qu'elle célébrait les extases, les mains jointes comme maintenant, les lèvres sur les lèvres. Ah !... »

C'est dans cette situation qu'ils traversèrent la Seine, merveille de reflets et de silence. Par la vitre baissée, la nuit si tiède leur envoyait son haleine légère, et, les roues de caoutchouc évitant toute secousse brutale, ils eurent quelques minutes l'illusion cursive de l'amour. La barbe de Félix rompit le charme. Suzu se détacha avec l'envie de rire. Elle s'imagina qu'elle voyageait aux côtés d'une sorte de polichinelle.

— Aimez-vous les marionnettes ?

21.

Le diplomate eut un sursaut : « Lesquelles ? Guignol? Princesse, j'ai passé l'âge. Ah ! ah !

— T'es bête ! — Cette rapide familiarité le choqua. — J'ai à la maison trois beaux pantins, mes anciens maris, le Russe Stépanoff, le Portugais Veyens et le Suédois Ennaej. Oh! ne soyez pas jaloux. Aucun ne m'a possédée. — Le ton devint très grave. — Et je les méprisais!.... Mais, de temps à autre, je me plais à raviver leur souvenir. Si vous aviez aimé les marionnettes, je vous aurais donné la comédie.

— De vous, princesse, de vous tout me sera cher.

Suzu se sentait, en effet, d'un énervement prodigieux. La représentation, le four, la crise de nerfs, tout avait exaspéré sa sensibilité de telle sorte qu'elle n'était presque plus maîtresse de ses actes ni de ses discours et que, malgré ses efforts, sa nature fantaisiste l'entraînait. Elle avait des idées bizarres. Pendant que Félix lui parlait de très près, d'une voix de comédie et en roulant ses yeux globuleux, une envie irrésistible la prit de saisir cette belle barbe à poignée et de la tirer de toutes ses forces, ou encore de couper une des longues moustaches blondes. En vain se raison-

nait-elle et s'imposait-elle les conseils de Sivreuse, elle ne pouvait se figurer que ce fantoche
serait son mari, prendrait la suite hasardeuse des
Stépanoff, Veyens et Ennaej.

Le coupé enfila un dédale de rues obscures,
puis s'arrêta devant un cabaret peint en rouge.

— Nous sommes arrivés. Dieu ! que c'est amusant ! — Elle bondit hors de la voiture.

Turniquel commençait à trouver l'aventure
excessive. Il hasarda timidement : « C'est que je
n'ai pas mon revolver, le vieux revolver de mon
père. » Elle répondit avec brutalité : « Qu'est-ce
que ça fait ? Vous avez vos poings et vos dents.
Auriez-vous peur ? »

Cette hypothèse dégradante le raffermit, et bras
dessus, bras dessous, ils entrèrent dans la salle
commune. Il y avait au fond un luisant comptoir
de zinc ; derrière, un homme robuste et une
femme semblable à un tonneau. L'éclairage était
parcimonieux. Ici et là des gaillards somnolaient,
la chaise repoussée, la tête entre les bras à même
la table, et quelques harpies causaient à voix
basse devant un litre et des verres de vin.

Suzu, impérative, commanda « deux cerises ».

L'apparition de ces élégants en tenue de soirée

ne provoqua pas grand émoi. Le Château-Rouge a
l'habitude de ces visites. Un professionnel à
casquette, à cravate jaune et à visage de rat, sortit de l'ombre, une bribe de cigarette noircie aux
lèvres. C'était lui qui se chargeait de la couleur
locale : « Pardon, excuse, le patron, la patronne!
J'peu-t-i vous servir de guide à travers la cité
infernale ?

— Oh! l'exquis garçon! s'écria Suzu. Et Félix,
très fier de son expédition, de son courage, cam-
bra son torse et répéta : « Tonnant! exquis! Comment vous appelez-vous, mon ami?

— La Frite, pour vous servir, patron.

— Ah! ah! pfètement! La Frite? Ah!

— Eh bien! La Frite, dit Suzu, montre-nous
tes merveilles.

Le voyou, d'une voix de chat qui crève dans
une gouttière, interpella une des femmes assises :

— La gonzesse, piaule donc la *Hure!*

Une silhouette déguenillée se leva et marmotta
un vague refrain. Quelques dormeurs s'étiraient
et grognaient. Félix en fut quitte pour quarante
sous.

Guidés par La Frite, les visiteurs, par un esca-

lier branlant, montèrent dans une chambre obscure dont l'odeur, dès la porte, les suffoqua :

— Avancez pas! Y a des mômes.

Le guide leva le gaz. A cette lueur louche, Turniquel et Suzu distinguèrent des formes étendues
et ronflantes. Les attitudes de ces paquets de misère étaient douloureuses, ankylosées. Par intervalles l'un d'eux, avec un lourd soupir, changeait
sa position.

— Tonnant! exquis! tonnant!

— Vous ne voudriez point passer la nuit là,
mon ami? implora la princesse.

— Impossible, patronne : les femmes sont ex-
clues, crainte qu'il n'y ait des gosses au réveil.

La Frite ricanait, car sa malice de Pantinois
avait de suite compris Turniquel. Celui-ci répétait :

— C'est dommage, c'est dommage!

Et, pour prouver son audace et son habitude
des mauvais endroits, il s'apprêtait à secouer un
des cadavres. Mais La Frite se précipita :

— Attention! c'est mauvais quand ça pionce.
Il vous crèverait.

Le diplomate bondit comme s'il avait marché
sur une vipère. Suzu regretta cette bagarre : « Il

ne fallait pas l'empêcher. C'est si amusant, les
couteaux sortis, le sang, les engueulades! »

La Frite savourait la différence des caractères :

— Si vous voulez, patronne, chez Marcel, en
face, à la crémerie, on fait battre les types pour
cinq linvets.

— Oh! allons-y. Ce sera drôle! Et il y a du
sang?

— Pour sûr! J'en connais un qu'a crevé. C'é-
taient des bourgeois commè vous, des rigolots
qu'avaient organisé la chose. Chaque homme a
eu sa chopine et trois linvets. Un nommé Taffiot
et un autre qu'on appelait la Seringue parce
que — excuse! — il n'allait jamais sans ricin, des
rupins, des zigues! Taffiot a foutu un coup de
surin. Oh! la la d'bon Dieu! qué ouverture! Ça
ruisselait. Les bourgeois s'tordaient. C'étaient,
à ce qui paraît, des amis au préfet de police; la
mère Marcel le disait. Et puis il venait aussi souvent un Anglais fameux, un poète, un m'sieu
Green, Edmond Green.

— Termund Green, rectifia Suzu.

— Oui! Termund Green. En voilà un, c'est
comme un fou. Il n'parle que d'empoisonner,
d'arsenic, est-ce que je sais? Il s'plaint qu'les

petites filles n'sont pas assez jeunes. Ah non ! ç'qu'il a du vice !

Suzu enviait le sort de Rose Coindart. Turniquel ne pensait plus qu'au moyen d'éviter la visite à la mère Marcel. Mais, chez la princesse de Fourvandières les idées n'étaient point tenaces. Tout en bavardant, ils étaient redescendus au rez-de-chaussée et avaient demandé trois *cerises*.

La Frite avalait les siennes goulûment et faisait partir les noyaux vers le plafond par une adroite pression du pouce et de l'index. Il continuait à vanter ses connaissances : « Nous voyons un célèbre docteur, un p'tit brun, à barbe et à lorgnon. Comment donc qu'on l'appelle ?

— Tismet de l'Ancre !

— C'est ça, Tismet de l'Ancre ; il amène des dames de la haute, des dames comme vous. C'qu'il est à l'épate ! Il m'engueule comme un pied, mais avant il m'a donné cent sous : comme ça il a l'air d'être le plus brave. Une fois il avait organisé une batterie pour la frime, un truc, quoi ! et j'avais ramassé des types pour qu'il leur poche les yeux. Et les dames en rotaient : « Mon petit Tismet, prends garde ! Ah ! mon Dieu, ils vont le tuer ! » Y en a qui s'évanouissaient. Non, quel craqueur !

« — En route! dit Suzu, que la mine désolée de Turniquel enchantait.

— En route! répéta joyeusement le diplomate. Combien vous doit-on, monsieur La Frite?...

— Vingt francs, patron.

— Voilà! » C'était bien un peu cher pour une promenade de cinq minutes le long d'un escalier de bois. Mais on ne marchande pas avec un criminel, et Turniquel, persuadé qu'ils venaient d'échapper aux plus grands périls, quitta héroïquement le Château-Rouge, tenant Suzu serrée contre son bras. Ils remontèrent dans le coupé, cérémonieusement accompagnés par La Frite, qui avait un rire muet d'Apache. Cette fois on rentrait quai de Billy.

Le mouvement moelleux de la voiture engourdit le diplomate de telle sorte qu'il n'entendait plus qu'à travers un brouillard les exclamations admiratives de Suzu vantant les splendeurs des bouges. Même il fut très étonné de se trouver si vite à destination...

Quand ils eurent traversé les trois salons brillamment éclairés, — Suzu s'arrêta longuement dans le troisième pour contempler, très attendrie, ses poissons rouges ; — quand ils furent dans la

molle chambre bleue qu'animaient les faibles
lueurs de deux lampes mauresques, la princesse
sauta au cou de Félix avec une vivacité de jeune
tigresse : « Oh ! mon secrétaire d'ambassade, mon
brave petit secrétaire d'ambassade, mon Tourniquet, mon Tourniquet ! M'en a-t-on fait des misères
ce soir ! Mais je m'en moque, je m'en moque ! »

Et, reculant de trois pas, les mains sur les
hanches, elle s'extasia :

— Es-tu beau ! En as-tu une barbe énorme, une
barbe de vieux fleuve ! Et cette dégaine ! Là-bas,
chez les assassins, tu m'as fait frémir !

Elle se moquait de lui en face et ne pouvait résister à son sàtanisme. Félix se rengorgea :

— Ah ! ah ! ptite folle, ptite insensée !
— Puis, redevenu grave : « Princesse, où est le
cabinet de toilette ?

— Pas encore, mon amour, pas encore ! C'est
notre nuit de noce ! Ne le réveillez pas, seigneur
duc de Mendoce ! » — Elle imitait la voix fracassée
et les inflexions fausses de Sarah Bernhardt. —
« Asseyez-vous près de moi, mon jòli petit secrétaire d'ambassade, là, sur ce canapé. Pourquoi
n'avez-vous pas de tiroirs, puisque vous êtes un
secrétaire ?

— Ah, ah! j'plaisante, j'plaisantais !

— Mais non, mais non, mon vieux. C'est moi
qui plaisante, j'plaisantais ! — Suzu avait le don
simiesque de l'imitation ; mais, devant le visage
inquiet de sa victime, elle changea de thème :

— Écoute, Félix, trêve aux blagues ! Ce n'est pas
l'heure. J'ai le trac des lémures, des succubes,
des stryges : ils viennent me visiter le soir. Ils
me menacent. Ils ont des griffes dans la bouche,
un œil à la place du nombril et des doigts tout
autour du crâne. Par bonheur, mes chères fées
me protègent. — Tu vas voir !

Elle courut à un petit meuble de laque, l'ouvrit
et en tira plusieurs pièces de satin : « Là, je vais
mettre ça par terre, et, pendant notre sommeil
Busquine, Lucinde, Evanire, Stirpe et Morgane,
mes marraines, gratteront l'étoffe avec leurs
ongles roses. Ça qu'est gentil, mon amour ! T'as
lu *Zarathustra* de Nietzsche ?

— *Zarathustra?* — Félix eut l'air de chercher.
— Non. Ne me rappelle pas. » Au fond il avait une
certaine angoisse, et sans le spectacle du vaste lit
tentateur et de la ravissante et souple silhouette
qui pirouettait autour de lui, il eût préféré coucher au ministère des Affaires étrangères :

— Tu n'a pas lu *Zarathustra?* Mais tu es ignorant comme une carpe, mon pauvre ami. Je t'apprendrai ça! Je parie que tu ne connais pas non
plus les *Chants de Maldoror!*

Turniquel dut avouer son ignorance : « C'est
épatant, ma parole! Tu ne sais rien de rien! »

Il eut un sourire indulgent. Il évoqua ses ré-
cents succès à Berlin, quand l'ambassadeur de
France lui avait dit : « Mon cher monsieur, vous
êtes trop fort pour nous : retournez à Paris. » Il
se préparait à conter l'anecdote; mais Suzu était
déjà lancée sur une autre piste : « Sens mon parfum, sur ce mouchoir. Éther et poivre. Crois-tu
que c'est enivrant? » Il faillit éternuer. Il s'ébroua :
« Admirable! excellent! exquis!

— Demain matin, Félix, je te montrerai mon
Cardon et je te jouerai une fugue de Bach. Ce
pauvre Johannès, quelle veste, lui aussi! » Elle
fit la moue : « C'est un raté, un surfait! »

Comme elle voyait qu'il n'écoutait plus et fixait
le sol d'un air morne, elle le prit en pitié : « Allons, cours-y à ton cabinet de toilette, espèce de
satyre. Prends garde au feu. Je sonne pour qu'on
éteigne. Ma femme de chambre va venir. N'entre
pas sans frapper. »

Félix se trouva dans un boudoir étroit. Un dragon qui vomissait du gaz faisait une lumière aveuglante. Sur le miroir étaient gravés des vers signés Edgard de Fries. Dans le fond, un carré rouge renfermant un cercle jaune s'enorgueillissait du cryptogramme de Trouguin. La toilette, en marbre blanc, supportait plusieurs onctueux étains où plongeaient des orchidées noires. La cristallerie resplendissait. L'onglier était d'écaille blonde, et un certain meuble indispensable affectait la forme d'un nègre de bronze portant un panier sur sa tête crépue.

Félix commença à se déshabiller. Il rangea soigneusement sa canne dans un coin, accrocha son chapeau, son paletot, étala avec précaution sur une chaise empire son habit, son gilet et son pantalon, et déposa son paquet de breloques sur le marbre de la toilette, bien à part, afin de le retrouver à la même place le lendemain matin.

Il retirait sa cravate blanche sans la plisser, quand la porte s'ouvrit : la princesse de Fourvandières apparut, revêtue d'une simple chemise ruisselante de dentelles, les bras nus, ses cheveux blonds sur les épaules, les pieds nus dans des mules dorées. Les lignes pures de son corps étaient nettement visibles, et sa chair semblait toute rose. Elle tenait un papier à la main : « Figure-toi, mon petit, qu'un imbécile de fournisseur a réclamé ça aujourd'hui. Tu le signes, hein ? C'est bête comme chou, je suis honteuse, mais il le faut, et mon carnet de chèques est épuisé. »

Celui de Félix l'était également, et le diplomate fut terrifié quand il lut le message que lui apportait sa déesse : « Je, soussigné, Félix Turniquel, secrétaire d'ambassade, demeurant à Paris... m'engage à payer à M... la somme de quarante-trois mille francs, montant de sa facture. »

— J'ai laissé le nom en blanc, ajouta Suzu avec un sourire : comme cela tu auras moins d'hésitation.

— L'imbécillité de cette dernière phrase l'amusait au moment où elle la prononça.

Turniquel était dans une perplexité extrême, en caleçon et plastron demi-mou, ses jarretelles bleues retenant ses chaussettes, et debout en face de Suzu, dont la radieuse et transparente beauté l'affolait : il saisit le papier, le retourna entre ses doigts, se gratta le front, se rappela le dédit de Berqueberge, puis, prenant son élan, répondit :

— Je n'ai pas la somme, princesse. Impossible, princesse !... Impossible ! Mon père...

22.

Ce refus exaspéra l'irascible Suzu. Elle n'insista point. Tout s'écroulait à la fois, sa fortune dramatique et sa fortune conjugale; car Sivreuse l'avait trompée : un homme qui n'a pas quarante-trois mille francs disponibles avant la possession n'aura pas quarante-trois sous après. Il ne 'aurait faire un mari. Son erreur lui parut claire et formidable, et elle résolut de s'en venger. Elle empoigna Félix par la main, le fit sortir du boudoir, dont elle ferma la porte à clef. Il lui obéit docilement, bien qu'étonné de ses manières. Alors elle décrocha du mur un poignard ouvragé, son surin à elle, surin de la « haute » et du kamtchâtkisme, et, très froidement, elle lui dit : « Écoute. Tu viens de me faire une injure impardonnable. Tu n'es qu'un idiot barbu, un pleutre et un mufle. Cette arme est empoisonnée. Si dans deux minutes tu n'as pas quitté mon hôtel, foi de Suzu, je te pique avec, et tu crèves ! J'plaisante pas, moi, espèce de mannequin ! »

Elle avait l'air terrible, hagard. Toute volupté disparue, sa nudité devenait sauvage. Effaré, stupide, accablé de fatigue et de douleur et en proie à une peur atroce, le malheureux secrétaire d'ambassade tâtonnait vers la porte. Elle le sui-

vait sans trop l'injurier, mais l'accompagnant de
vérités cruelles : « Je savais bien que tu étais un
crétin. Tu es d'ailleurs un crétin célèbre! Ce
n'est pas pour me vanter, mais j'aimerais bien voir
la gueule de ton père, Célestin, ou de ton vénérable grand-père, le découpeur de grenouilles.
Allons! file : il y a de la lumière. »

Il n'osa ni protester, ni réclamer ses vêtements et ses bijoux, car il sentait le poignard
dans son dos. Il traversa les trois salons. Sur
l'escalier elle le quitta : « Adieu, grotesque! va
moisir dans tes bureaux, quai d'Orsay, sans-le-
sou, gratte-papier! »

Pendant cette scène, aucun domestique ne
s'était montré. La porte de l'hôtel s'ouvrit automa-
tiquement. Il fut dehors. La nuit, bien que clé-
mente, lui sembla fraîche. Un petit vent glacial montait de la Seine obscure. Une horloge lumineuse
marquait trois heures. La conscience de sa tenue
négligée le tourmenta soudain, et il se glissa hon-
teusement, blanc fantôme en caleçon, plastron et
souliers vernis, le long du quai désert : « Si un
collègue me rencontrait, je serais perdu! » Il avait
envie de pleurer, il pensait à son habit, à ses breloques, à son chapeau. Il héla un fiacre vide : le

cocher le prit *pour un fou* et ne s'arrêta point. Un second fut moins superstitieux, mais plus ironique : « Ah! mon pauvre monsieur, quel sale métier que l'adultère! » Et Félix, se réfugiant dans cet abri avec un immense soupir de joie, se répétait : « J'ai été trop dur aussi, trop dur! Parfaitement! Elle est si nerveuse, si impressionnable! »

VII

Cela se passait à Suresnes, dans le jardin d'une petite propriété appartenant à Verduron, lequel dirigeait le combat. Il faisait une chaleur lourde, sans un fil d'air. Un gros nuage noir, isolé dans le ciel bleu, masquait le soleil, et cette lumière d'éclipse agrandissait la scène, lui préparait une atmosphère tragique. Le sort des armes avait favorisé Lermy. Sivreuse, le pistolet baissé, attendait le feu de son adversaire. Celui-ci lui semblait loin, très loin, mesquine fourmi sur l'allée blafarde, flanqué de Clouvel dit Totor et de Verduron. Le directeur du *Curare*, secondé par Wallenstein et Judas, dont les trognes dissemblables avaient la même expression mêlée de fierté et de crainte, songeait que deux juifs suffisent à porter malheur.

Les silhouettes doctorales de Tismet de l'Ancre et
de son collègue Avigdeuse n'étaient pas rassu-
rantes non plus. Pourtant il faisait bonne contenance, ce jeune homme chez qui tant de qualités
étaient déviées par le kamtchatkisme. Il imposait
le calme à ses muscles, à ses nerfs, à son masque,
et l'organisme obéissait. Il jouissait de ce risque
immédiat et matériel, de cette menace, de ce
décor. Les commandements de Verduron l'amu-
sèrent, grêles et prétentieux. Presque aussitôt un
bruit sec et la sensation d'un choc violent dans la
poitrine. Il tomba.

.   .   .   .

.   .   .   .

Il retrouva la notion du monde extérieur dans
sa chambre de psychologue, dont les nuances
bleues lui parurent infiniment douces. Sa respiration était un peu gênée. Il se sentait la tête lourde,
les mains chaudes, un poids sur la poitrine, mais
le reste de son corps était comme aérien, volati-
lisé, et dans sa pensée fébrile les images défilaient
rapides et si vivaces, si impressionnantes, qu'il
n'aurait jamais supposé aux choses un pareil
relief, aux sentiments tant de force, aux souvenirs une telle netteté.

Il se rappelait des événements extraordinairement lointains et fugitifs, un dîner de jour de l'an où il s'était endormi à table; il entendait les voix de la famille dans une sorte de brume, et il les appliquait à des visages : son grand-père, vieillard paisible; sa grand'mère, gaie et souriante. Après, ce fut un après-midi dans un jardin analogue à celui du duel, par la même température lourde et sombre. Il jouait à cache-cache avec des petits camarades. Dans un massif, dont les moindres feuilles lui étaient connues, il guettait leur passage, le cœur oppressé comme maintenant. A ce point de la série, il éprouva une douleur aiguë, lancinante, et cette interruption lui suffit pour réfléchir sur son cas, se dédoubler. Son intelligence jouissait d'une pénétration singulière. «Ces fulgurants tableaux que j'évoque, se disait-il, sont éveillés par de brefs mouvements de ma chair à laquelle ils sont liés par la mémoire... J'ai été blessé... Oui, c'est cela... j'ai été blessé à la poitrine et tout ce qui a touché ma poitrine, la table de famille, l'angoisse du jeu, me revient, suscité par la sensation locale. Nous sommes la proie des fantômes. » Il trouva cette formule belle et curieuse. Il la savoura, se la figura dans l'esprit

d'autres personnes, de lecteurs du *Curare* qui ho-
cheraient la tête en l'approuvant : « La souffrance
est divine ; elle libère les puissances engourdies de
l'être. Elle l'explique à lui-même, le définit et, au-
dessous d'elle, gît une joie sourde, une joie mystérieuse qui agrandit les conceptions, les nourrit de sa sève sensible. Que suis-je ? Un garçon
comme un autre, un peu mieux doué, et chez qui
l'analyse fonctionne... » En ce moment il perçut
un profond soupir, et, sans remuer, distingua au
pied de son lit les formes de son père et de sa
mère, accablées, douloureuses. Ils chuchotaient,
mais son oreille exaspérée recevait et classait les
moindres murmures : « — Il dort encore.

— Ne t'inquiète pas, Mélanie : Tismet revien-
dra ce soir.

— Quelle nuit ! quelle journée ! quelle horreur !
Enfin l'opération a réussi.

— C'est étonnant qu'il n'ait pas repris connaissance pendant qu'on le...

— Plus bas ! Il me semble qu'il a bougé !

— Non, c'est le lit qui craque. Je t'assure que
nous le sauverons. Le docteur est formel. J'ai
réfléchi, pesé le pour et le contre. Quelquefois la
nature faiblit... Ha !... Un homme de mon âge

n'aurait pu résister... Mais lui, avec cette consti-
tution robuste, cette vigueur...

— Chut!...

Il avait donc manqué mourir, et tout danger
n'était pas écarté! Ce mot *mourir*, dans l'esprit de
Sivreuse, prit une énergie exceptionnelle, une couleur noire, un goût amer, une odeur néfaste. Il le
voyait écrit en lettres d'argent sur un drap sombre,
et ses majuscules se déplaçaient, formaient des
assemblages bizarres, un langage nouveau et funèbre que les cadavres employaient entre eux, qui
n'avait point de signification humaine : MRIROU.
— RUIROM... Peu à peu ces signes acquéraient
une valeur auditive : ils devenaient bruit, son,
clameur, injure, et ils étaient proférés par une
femme maigre, en robe rouge... en chapeau
jaune... où donc?... une chambre triste... une bouteille de ce vin... comment...? le msarala... le ma-
laga... ah! oui... du marsala... la malheureuse du
Palais-Royal. Quel remords!

« Pourquoi avais-je fait cela? Quelle mauvaise
action inutile! En cette minute grave, comme
mon père, je pèse le pour et le contre. J'ai agi
par fausseté, par hypocrisie, par mensonge. J'ai
posé vis-à-vis de moi-même. Suis-je réellement

23

pervers? Où mène la perversité? Au tombeau,
comme le reste, mais par des sentiers honteux.
La somme des maux naturels est assez grande
sans qu'on l'enrichisse encore. Comment la retrouver, cette femme maigre, si je guéris? comment lui expliquer, laver l'injure, panser la
plaie? »

Aussitôt, à l'appel robuste du remords, les
aides du souvenir apportèrent des instruments
de supplice, des actions méchantes, des paroles
perfides : « Voilà où m'ont mené mes lettres anonymes, mes combinaisons! Qu'avais-je besoin
d'intervenir dans les affaires de Lermy? J'ai dirigé la fatalité sur moi, tenté la foudre et depuis
longtemps. Oh! la nature! Vivre selon la nature! »
Ici les regards errants du blessé tombèrent
sur le Trouguin, le Cardon, tous les accessoires
kamtchatka. « Le *Curare*, les disputes littéraires,
sottise! Le simple domine le complexe. Un verre
d'eau bien fraîche, bien limpide, un cristal fluide,
une neige fondante dans la bouche et par la
gorge... c'est là le vrai. Valmont ne s'en doutait
pas. Mais il est mort, Valmont, tué en duel... Ah!
ah! Tant pis pour toi, mon gaillard, si la ressemblance se complète. L'artificiel est magique. Il

modèle la réalité à son image. Dieu, que j'ai soif!
Si je pouvais boire. Maman? »

Ce son, si faible, apporta une joie immense au
cœur de Mme Sivreuse :

— Oh! mon chéri, qu'est-ce qu'il y a?

— J'ai soif!

— Attends, tu vas boire. Ne touche rien, Auguste. Tu n'es pas adroit, pauvre ami.

— Ha!... mes mains tremblent un peu... C'est
forcé... la moindre émotion. Où est le verre, la
carafe?

— Chut! Tu vas lui donner la fièvre. Veux-tu
un peu de sirop, mon Jacques?

— Du sirop, c'est cela, du sirop d'orange. Ah!
que c'est bon... merci.

Elle lui tenait la tête avec des précautions in-
finies. Il buvait avidement, et chaque gorgée lui
était une délivrance, une extase. Il regardait attendri ce visage maternel, creusé, raviné, ces yeux
qui contenaient leurs larmes et l'attitude joyeuse
et embarrassée du bonhomme auprès du lit :

— Ça va mieux, garçon?

— Oui, père.

— Assez, ne l'agite pas.

Une pendule sonna quatre heures, et, sur le mur

en face, un rayon de soleil dessinait un étincelant ovale. Sivreuse le fixa sans plus penser à rien, et lentement, l'âme apaisée, il glissa au pays du sommeil...

Mme Sivreuse commençait à se rassurer. Elle écouta quelques moments cette respiration si chère, puis se rassit. Son mari l'embrassa : « Je suis content; j'ai envie de danser. Ce n'est guère convenable pour un gros monsieur comme moi... Ha!... Je vais faire un petit tour... pas longtemps. Je rapporterai les *Débats*, histoire de me mettre un peu d'air dans les poumons. » Il sortit sur la pointe des orteils, ce qui donna plus de force encore aux craquements de ses solides souliers.

Seule, Mme Sivreuse fit son examen de conscience. Depuis le drame, le retour de son fils que l'on croyait blessé à mort, elle n'avait cessé de se bourreler. Elle voyait dans cette catastrophe une vengeance du ciel, une punition de ses sacrilèges, de son affreux délire, des images obscènes et néfastes au milieu desquelles elle passait sa vie. Solennellement elle promit à l'Être invisible qui gouverne nos obscurs destins de renoncer à ces vices si intimes qu'ils n'avaient jamais dépassé l'intellect, mais dont le poids était d'autant plus

ourd : car le mal qui se manifeste en actes perd
par là même de son énergie. A la faveur de cette
secousse définitive, elle s'interdit tout tableau
louche, tout désir inavoué. Elle nettoya son esprit. Et elle éprouva un soulagement si profond,
si intense, qu'elle se mit à pleurer, moins d'inquiétudes que de renouveau, trempant ses mains de
larmes pures qui lavaient les derniers vestiges
d'une infâme énigme morale. . . . .

. . . .

« A la suite d'une altercation survenue au théâtre de l'*Ame ardente* entre M. Paul Lermy, le peintre
bien connu, et M. Jacques Sivreuse, le sympathique
directeur du *Curare*, une rencontre jugée nécessaire a eu lieu ce matin aux environs de Paris.

« L'arme choisie était le pistolet. Les conditions
étaient : échange de deux balles à trente pas,
au commandement. Les docteurs Avigdeuse et
Tismet de l'Ancre assistaient les combattants.

« M. Jacques Sivreuse a été atteint en pleine
poitrine, entre le deuxième et le troisième espace
intercostal droit, à deux centimètres du sternum.

« Pour M. Paul Lermy :   « Pour M. Jacques Sivreuse :
  « Louis Verduron.   « Ernst Wallenstein.
  « Eugène Clouvel.   « Adolphe Judas. »

« Nous sommes allé prendre des nouvelles de notre jeune confrère. La balle a pu être extraite. La fièvre a cessé. On espère un prompt rétablissement. »

Ce duel agita énormément le monde des Kamtchatka et donna lieu à maints commentaires. Peu de personne avaient assisté à l'altercation initiale, mais elles se multiplièrent de telle sorte que les récits les plus contradictoires circulaient.

Quant à la cause réelle de la rencontre, les opinions, comme il arrive, contournèrent la vérité sans l'atteindre. Les uns affirmèrent que Paul Lermy vengeait d'anciennes opinions malveillan. tes émises par le *Curare* au sujet de ses tableaux. D'autres, d'après l'axiome « Cherchez la femme » soutinrent qu'il s'agissait d'une vieille maîtresse. D'autres, mieux renseignés, mettaient Claire Houdraye en cause, mais cette dernière catégorie de narrateurs comportait elle-même des subdivisions : les bienveillants, qui laissaient la jeune fille en dehors du débat; les malveillants, qui la rendaient responsable de tout. Le sentiment général fut plutôt défavorable à Lermy, dont on blâmait l'esprit caustique et le dédain pour les nouveautés.

D'autre part, Sivreuse subit la dépréciation que doivent toujours craindre les vaincus, et ses confrères se promirent bien de ne plus le ménager à l'avenir, puisque sa balle était si peu dangereuse.

VIII

La table avait été dressée dans le grand hall de
l'hôtel Scudermo, et trente convives, autour,
tenaient à l'aise. Un immense miroir à plusieurs
pièces formait le surtout central, jonché d'orchidées noires et jaunes et de verdures grêles.
L'argenterie, compliquée comme un arsenal d'in-
quisiteur, portait les armes de la maison : un
chien traversé par un glaive, et au-dessous : *Cave
canem.* La verrerie, de Venise, affectait des formes
étranges, allongées, fuselées, chevalines, des formes de couleur où se jouait allégrement la lumière ; celle-ci tombait de partout, du lustre, des
appliques, de grands candélabres en fer forgé,
adoucie par une multitude de petits abat-jour

roses, de sorte que l'aspect du banquet était délicieusement infernal. Le service, dirigé par un
solennel et somptueux maître d'hôtel, était fait
par une armée de valets en livrée bleue, en culotte
courte, de visage impassible et de gestes précis.
La décoration du hall lui-même se composait
de palmiers de tailles différentes qui montaient le
long des boiseries de chêne. Deux portraits seuls
paraient les murs, ceux du maître et de la maîtresse de la maison, éclairés par des réflecteurs,
dus au pinceau irréprochable de Pusquet de Gril.

La comtesse de Scudermo présidait, ayant en
face d'elle le baron Hurphen, son ami intime et
son conseiller dans les heureuses spéculations
qui favorisaient un pareil luxe. C'était une femme
d'environ cinquante-cinq ans, dont le visage
aux traits grossiers semblait toucher à la centaine par l'excès de fard blanc et vert, lequel,
cédant à la chaleur, dégoulinait le long des rides.
La perruque était rouge, le décolletage excessif
et gélatineux, la robe d'un jaune frénétique. Il y
avait des diamants dans les faux cheveux, dans
chaque repli du cou et de la poitrine, autour des
bras, semblables à des cuisses, des poignets aussi
gros que les bras et des doigts complètement

carrés. Le passé de cette créature était un abîme
que nul plongeur mondain n'avait encore sondé.
Elle avait exercé toutes les professions, et son
intelligence était nourrie de faits comme celle d'un
homme d'État. On la soupçonnait d'espionnage.
Elle parlait six langues couramment, d'une voix
éraillée mais intrépide. Son mari, Scudermo, que
les uns prétendaient s'appeler en réalité Bennis-
sen, d'autres Clamens, et d'autres Victor, consti-
tuait un amalgame tout aussi étrange de races qui
se fondaient dans le type levantin, de vices aboutissant à un cynisme extraordinaire, et de qualités
qui faisaient de lui un agent international subtil
et redouté des ambassades et des gouvernements.
Il tutoyait tous les ministres français, les radi-
caux comme les opportunistes, entrait dans leurs
bureaux sans frapper, les traitait en pleine figure
de « vache » et de « canaille », et les corrom-
pait à tour de bras, besogne d'ailleurs facile. Il
dirigeait depuis plusieurs années un organe de
chantage, *la Nouvelle*, où il accueillait les débris
de la politique, bons encore pour quelques affaires louches, mais qui servait surtout de déver-
soir aux rancunes du beau Tismet de l'Ancre, son
médecin, dont les échos, aussi malhonnêtes qu'a-

nonymes, inspiraient la crainte. Car Scudermo avait une faiblesse, l'hypochondrie, et les morticoles exploitaient l'exploiteur. Une pareille situation semblait inexpugnable. Néanmoins, huit jours auparavant, le soir même de la première de l'*Ame ardente*, le directeur de la *Nouvelle* avait été averti par un de ses collaborateurs qu'un fragment du traité secret qui, moyennant une forte mensualité, liait sa feuille aux intérêts de l'Allemagne était tombé aux mains de la police. Aussitôt le délicat Tismet avait conseillé à son patron un petit voyage en Roumanie, et c'est ce qui explique comment Scudermo avait abandonné au baron Hurphen, son vieux camarade, le séduisant vis-à-vis de la comtesse.

A droite de celle-ci, grave et silencieux, se dressait le buste viril de Kabal dit Clipot, le plus véreux des parlementaires, le plus arrogant aussi et le plus terrible, car ses poches étaient bourrées de dossiers, réponses péremptoires au juge d'instruction trop curieux. A gauche, le ministre Brouillanous contait des gaillardises; tête cubique gonflée de venin, où les yeux, le nez et la bouche étaient rejoints par un réseau de plis qui semblaient des reliefs de grimaces. Il riait fré-

quemment, et son système de rides se ratatinait
aussitôt comme la toile d'une araignée morte. A
ces mâles les femelles étaient bien assorties, car
Mme Clipot, noiraude et trognonneuse, avait le parler pittoresque des habituées de l'ancienne place
Maubert, où la médisance localisait ses origines.
Quant à Félicité Brouillanous, longue, sèche, la
figure plate enrichie de pulvérulentes croûtelles,
comme si elle eût servi de siège à un lépreux, elle
était célèbre dans le monde officiel par sa per-
pétuelle aigreur, les jets de bile que lançait sa
bouche mince aux dents multicolores.

Parmi les trente convives on remarquait encore
l'académicien Dupied-Lenfant, ancien vaudevil-
liste, à moitié gâteux ; le symboliste Moutimbre
aux traits pleurards, et sa femme, son sujet
d'étude, qu'il accommoda à la sauce décadente
dans vingt volumes incompréhensibles ; Mlle Hurphen, Tanagra sémitique à profil de jument ;
Alain Le Puel, le sympathique couturier pour
dames ; Norbert Hildebrand enfin, journaliste
tudesque épris de physiologie, lequel assimilait
tout à la folie et assistait aux séances des Kamtchatka afin de noter leurs aberrations, stupide
derrière sa barbe noire et ses lunettes d'or, au-

teur d'ouvrages indigestes où il rapprochait Moutimbre de Carlyle, Emerson de Gréveuille, Pusquet de Gril de Rembrandt, recouvrait d'un
mépris identique les sots, les farceurs et les génies, maniaque lui-même par l'extension qu'il
donnait à ses doctrines d'ignorant, de raté de la
médecine et des lettres.

Le reste de l'assemblée comprenait les habi-
tués de la comtesse : Griffanocalo, la baronne Wallenstein et son fils Ernst, Tismet de l'Ancre,
l'abbé Serbe et Sorpion ; puis la famille Toupin
des Mares au grand complet, les Saint-Lippard,
Termund Green et Rose, sans Coindart, car le
peintre et Véronisse étaient partis sceller leur
réconciliation à Florence ; Félix Turniquel, très
exalté ; la princesse de Fourvandières en satin
mauve, à moitié nue ; Claire Houdraye, ravissante dans une robe de tulle rose ; Paul Lermy,
lequel ne perdait pas un mot, pas un geste du
savoureux spectacle.

Le menu, imprimé bleu foncé sur bleu clair et
décoré d'une sphynge de Trouguin en forme de
bouteille, était tel :

REPAS DU 25 MAI 189.

CAVE CANEM

Hors de l'œuvre de Moutimbre.
Potage de Thule.
Truites de la décadence.
Filet d'extase Scudermo.
Poularde multiple et une.
Sorbet songe du réel.
Tranches de tamanoir Parsifal.
Relevé d'otarie Zarathustra.
Pattes de rossignol frites à la Turniquel.
Émincés de cochon Négateur.
Endives contre nature.
Pois minimes mais à la Swinburne.
Salade sans-patrie.
Glace Suzu.

Desserts d'apparences.

Châteaux — tous ceux de l'idéal et des ante-années.
Clos — de mémoire meurtrie

CAVE CANEM

Le début du repas n'avait pas été fort brillant. Chacun était préoccupé de soi-même, et le nombre des invités favorisait les conversations particulières. Une des âmes les plus troublées était sans contredit celle de Félix Turniquel. Placé entre la baronne Wallenstein et Claire Houdraye, il avait été chaudement remercié pour sa fameuse lettre par la jeune fille : « Désormais, monsieur, vous êtes mon ami, et croyez que dans ma bouche cette parole n'est point banale : ce que vous avez fait est si rare, d'une telle loyauté ! » De plus, Paul Lermy lui avait serré la main avec une sympathie toute spéciale. Mais la présence de Suzu en face de lui l'inquiétait : il ne l'avait pas revue depuis la sinistre soirée, et il redoutait sa rancune, ses plaisanteries. Toute son adresse de diplomate, il l'employait à éviter ces grands yeux bleus couleur de rêve, et il se demandait si son salut de rencontre, tout à l'heure, avant le dîner, avait été bien correct, conforme aux traditions de la carrière. Enfin les *Pattes de rossignol frites à la Turniquel*, qui figuraient sur le menu en bonne place, lui procuraient une satisfaction légitime. Cette série de pensées, trop lourde pour sa tête, le rendait inattentif aux remarques vireuses de la baronne Wallenstein, qui se désintéressa de lui assez vite et dirigea ses batteries vers Kahal dit Clipot.

Morgane Toupin des Mares était, elle aussi, distraite. Elle boudait l'affreux Gaston Saint-Lippard, qui enfournait dans son rictus muet des bouchées énormes, et s'informait auprès de son voisin Sorpion des dernières nouvelles de Jacques Sivreuse : « Il est en pleine convalescence, mademoiselle. Il se lèvera demain. Que ne puis-je émeduller les vertèbres de cet atroce Lermy, son bourreau! D'ailleurs, le duel est un sanglant blasphème, et l'Église le défend. Moi, je traîne dans la fange, mais je refuse de me battre. C'est ma fierté. » Là-dessus le pamphlétaire fit un tampon de sa serviette et s'en essuya la bouche avec une sauvagerie voulue.

A l'autre bout de la table, Ernst Wallenstein et Tismet de l'Ancre s'occupaient également de Sivreuse. L'administrateur du *Curare* souhaitait que la maladie du directeur se prolongeât, car elle était pour lui une source de bénéfices. Tismet, par contre, ne songeait qu'à l'exode de son patron Scudermo et aux moyens de le tirer d'affaire. Les bruits circulent vite à Paris. Les désabonnements affluaient à la *Nouvelle*.

Diversité des cœurs qu'a liés le destin! Mme Toupin des Mares avait appris le matin même, par un

billet laconique, l'audacieux, le sournois départ
de Léonard Gréveuille pour Florence. La passion
l'emportait sur la crainte, et le romancier avait
cédé au charme ensorceleur de Mme Grivaudan.
Aussi Louise Toupin n'accordait-elle aucune
attention aux anecdotes séniles de Dupied-Lenfant. Elle ruminait des vengeances atroces. L'aspect de Claire et de Paul Jermy, de l'attitude
amoureuse qu'ils ne pouvaient dissimuler, l'irritait doublement par le contraste et l'échec de ses
combinaisons perverses qu'un coup de pistolet
clôturait de si déplorable façon. Le marchand de
suif, au contraire, accablait d'énormes compli-
ments Mme Saint-Lippard et la petite Mme Moutimbre, dont le rire perpétuel l'excitait; et pour
amuser celle-ci davantage, il cassa exprès deux
verres de Venise, tutoya le domestique qui venait
ramasser les morceaux.

Claire avait pardonné à son fiancé ce duel ma-
lencontreux qui faisait tant jaser sur leur compte.
Elle n'avait pu résister à son repentir, à ses yeux
tristes; elle l'adorait plus que jamais, si hardi,
si imprudent, et elle tressaillait chaque fois que,
par un bienheureux hasard, leurs mains ou leurs
coudes se frôlaient. Un trouble mystérieux l'ani-

mait ; les paroles de Lermy la pénétraient toute,
l'engourdissaient comme un air de musique où
elle retrouvait ses émotions les plus secrètes,
mais abrégées, mais cursives, vêtues d'une ironie
légère. Paül percevait cette communion ; il en était
fier et joyeux, et malgré lui les mots qu'il prononçait prenaient un sens double, formaient un
délicat langage chiffré d'amour.

La princesse de Fourvandières donnait la comédie à ses voisins Griffanocalo et Norbert Hildebrand. Le premier dirigeait vers elle son œil non
crevé, son bon œil, brillant de convoitise bestiale,
tandis que son congénère observait une immobi-
lité atroce, morceau de chair décomposé dans
cette figure louche de forban. Le critique germain
notait avec sagacité les moindres propos de la
svelte personne empreints du plus pur kamtchatkisme et n'en guettait pas moins dans l'angle
de ses lunettes cet affriolant déshabillage de satin
mauve, cette physionomie mutine et si prompte
aux métamorphoses. Suzu, en retrouvant Turniquel, avait dompté une forte envie de rire. Elle
regrettait ses manières brutales vis-à-vis du naïf
diplomate, car, après tout, cinquante mille francs
n'étaient pas une petite somme, et ce refus n'en-

gageait point l'avenir. Le millionnaire rapace est
même un type fréquent. Elle n'eût jamais cédé
de la sorte à ses nerfs dans des circonstances
moins fébriles, et elle espérait prendre sa revanche
au cours de la soirée.

Les vins circulaient fréquents et variés. Ils
activèrent bientôt les images, et, par leur magie, les
papotages particuliers se groupèrent en une conversation générale, sorte de boule retentissante
que se lançaient les convives, qui butait contre
tous les paradoxes, tous les préjugés en cours,
contournait le mysticisme, la messe noire et l'en-
voûtement, s'arrêtait quelques secondes dans le
trou cruel des brutalités et du réalisme macabre,
rebondissait de là vers l'anarchie, la physiologie et
les questions sociales, se dissolvait au sujet de la
littérature du Nord, se reformait sur les noms de
Wagner et d'Ibsen, dansait sur le jet d'eau de la
littérature, s'affaissait dans la vasque de la politique, tantôt noire de pessimisme, tantôt lumineuse de religiosité, tantôt rouge-sang et tantôt
bleu-vitrail, élastique, sonore, énorme et vide,
faite d'affirmations erronées, d'anecdotes fausses,
de jugements outranciers. Les attaques, parades
et ripostes de cette bagarre qu'est toute causerie

sont mille fois plus prévues, réglées, inévitables
en un mot dans les réunions et cénacles de Kamtchatka que dans les sociétés de vulgaires humains,
et ces personnes raffinées qui ont le banal en
horreur se sont créé un dogme, un code strict,
aux formules immuables, particulièrement odieux
parce qu'il est autoritaire, sans spontanéité, et
sans grâce.

La maîtresse de maison exultait. La comtesse
de Scudermo était là dans son élément. Elle vivait
de coups de bourse et d'un journal modéré dont
la clientèle financière n'affectionnait que les potins scandaleux ou les renseignements inexacts :
aussi le contraste du style de la *Nouvelle* avec son
style à elle la plongeait dans le ravissement, et
elle épiait sur les visages l'admiration ou la stupeur : « Je ne comprends pas, déclarait-elle de
sa voix de rogomme, comment les anarchistes
n'ont pas encore enseveli Paris sous les ruines
fumantes. Quand on pense que tant de malheureux claquent de faim et de froid dans les faubourgs et qu'ils se contentent d'un bulletin de
vote, alors qu'ils ont à leur disposition la dynamite,
la panclastite, les explosifs les plus déconcer-
tants, ah! race d'esclaves, race d'esclaves! »

Alentour les insolents larbins dissimulaient un sourire narquois. Ils offraient justement les *Émincés de cochon Négateur*, onctueux dans leur sauce onctueuse. Alain Le Puel le couturier, bailleur de fonds du journal révolutionnaire *La Bombe*, se servit avec prestesse, puis, rompant de ses mains expertes un petit pain doré : « Je suis avec vous, comtesse. Nul ne se passionne pour les misérables : c'est honteux ! » Il employait une armée d'ouvrières qui travaillaient dix-huit heures par jour, à raison de huit sous l'heure. Il continua : « Messieurs du Parlement, vous perdez votre temps. Vous vous occupez de concussions et vous laissez de côté les graves problèmes qui obsèdent toute l'Europe. » Dans un répit gastronomique, chacun songeait à ces prolétaires qui crevaient comme des mouches là-bas, vers les masures et les quartiers humides, à leurs noires et brumeuses détresses, et l'idée de ces ventres creux était une fièvre pour les ventres pleins.

Brouillanous contracta sa figure aux rides innombrables : « C'est vrai que nous sommes des naïfs ! Comme si la politique pouvait se faire avec des gants blancs ! C'est une cuisine qui exige des mains sales, de l'aplomb, de la canaillerie même, oui, de la canaillerie : n'est-ce pas, Clipot? »

Clipot, qui se savait compromis dans l'affaire Scudermo, et possédait cinquante cadavres en bonne place dans tous les syndicats possibles, haussa les épaules sans répondre.

Toupin des Mares approuvait Brouillanous et s'exaltait tout en sauçant : « Le ministre a raison. Ah ! vous en avez une santé, à la Chambre, de mettre la justice dans vos paperasses. Les affaires sont les affaires ! Si on ne volait un peu, on ne gratterait jamais son benef. » Et il s'empiffra tellement que le reste de son discours se perdit dans un bruit de mâchoires et qu'un flot de jus jaillit vers Mme Moutimbre.

— Je hais le luxe, moi ! glissa Sorpion haineusement dans l'oreille de l'abbé Serbe. — Le prêtre fit la grimace. Il détestait la vulgarité.

— Che suis anarchiste, che l'afoue ! Les réfendigations de Kropotkine sont chustes. J'ai voyaché. Che suis de son avis ! — C'était le baron Hurphen, auteur d'un *Traité de l'abolition du paupérisme*, qui s'exprimait ainsi. Il versa à boire à ses voisines :

— Et fus, madame Glipot ?

— Moi, je n'aime pas les pauvres. Ils puent

mauvais et manquent d'éducation, repartit la charmante personne.

— On devrait réunir le peuple dans une grande cuve, dans une immense cuve, — psalmodiait Termund Green de sa voix chantante, tandis qu'il sentait les longues jambes de Rose Coindart enroulées autour des siennes. — Et puis on verserait dessus de la poix bien chaude et du poivre d'Orient. — Le silence se fit : on buvait les paroles de l'esthète. — Le peuple est l'ennemi de l'art, et l'art n'est beau que comme tyran. Quiconque ne comprend pas Burne-Jones ou Turner doit être empalé, complètement empalé, de telle sorte que la pointe ressorte par le sommet du crâne ; et, comme elle est sanglante, elle attire les oiseaux du ciel, qui font là une grande assemblée mélodieuse. Eux, ce sont des artistes, de purs artistes !

— Ah bravo ! très joli ! — Et, par-dessus tout, le glapissement de Turniquel : « Tonnant ! tonnant ! exquis ! »

— Mon cher maître, — objecta la comtesse, qui surveillait l'entrée des *Endives contre nature* et des *Pois minimes* d'un œil de lynx, car elle savait ses domestiques audacieux et gourmands, — mon cher maître, votre raisonnement pèche par l'essence,

comme dirait l'infortuné Edgard de Fries. — A ce
nom il y eut un méprisant sourire général. — Ce
sont les bourgeois qui haïssent l'art et se plaisent,
en musique, aux gounotades et masseneteries,
en littérature, à Bourget et Maupassant ; en peinture, à Cazin et à Monet. Le peuple a le sens profond des merveilles. Laissez un ouvrier seul avec
un Burne-Jones, il le comprendra, il l'admirera,
il sera dans l'extase.

— L'oufrier en Vrance est drès indelligent. Il
est blus lourd en Ancleterre et en Amrique, conclut le baron Hurphen.

— C'est vérace tellement, certifia Moutimbre,
que mes œuvres sont surtout demandées en les bi-
bliothèques populaires. La trace je baiserais de ces
grosses mains noires. — Il toussota, car il avait la
poitrine faible, et Mme Moutimbre, l'héroïne de
Brebis ronde et de *Saginne*, confirma par gestes la
sincérité de son mari.

Depuis quelques minutes Félix Turniquel cherchait un joint. Il crut l'avoir trouvé, mais sa préci-
pitation lui fut nocive : « Mon père, Çlestin Turniquel, et mon aïeul Louis affirmaient avec la dernière violence que celui qui, ouvrier, dans les
faubourgs.... Ah, ah !... pfètement... dans les fau-

bourgs. » — Il pataugeait, et la vue subite de Suzu souriante lui fit complètement perdre la tête. — « Un nommé Auguste, l'ébéniste des Turniquel... Ah! ah! j'plaisante, j'plaisantais... »

Il fut le seul à rire avec Saint-Lippard, et ce fut lamentable. La baronne Wallenstein prit sa face-à-main, l'examina de tout près comme un phénomène monstrueux. Hildebrand le classa de suite dans les *loquaces* à forme *interruptive* et *circulaire*, et demanda à Mme Toupin des Mares quelques renseignements sur son hérédité, sa profession, ses mœurs, car il projetait de le placer en tête du deuxième chapitre de son prochain ouvrage: *Section des infirmes verbaux-symboliques.*

Toupin des Mares excellait à rompre la glace. Il agita son menu: « Nous sommes tous anarchistes, par le nombril de ma grand'mère! Je gobe les bombes, moi! Vive Swinburne-Jones! vivent les petits pois à la Swinburne-Jones! » Siegmund en avala de travers. Mme Toupin des Mares devint noire. Mme Saint-Lippard se gara avec dégoût de ce gesticulant voisin. Hildebrand inscrivit à tâtons, sournoisement, sur sa manchette et sous la table, à l'aide du bout de crayon qui ne le quittait jamais : « Toupin-Suif, délirant anarchiste et mégalomane ! »

— Le résumé, c'est que nous vivons dans un triste pays, le plus bête du monde, un pays sans enthousiasme, prononça la maîtresse de maison.

Ce fut un haro général :

— Un pays qui nie Pusquet de Gril !

— Qui a l'horreur du nouveau !

— Qui ne comprend ni Sudermann, ni Strindberg, ni Ibsen, ni Wagner !

— Ni Nietzsche ! Ni Nietzsche !

— Où on ne joue jamais un génie !

— Un Pruderon, un Moutimbre !

La comtesse de Scudermo avait écrit un drame « *Comme en pleurs* », refusé successivement par les *Français*, le *Vaudeville*, le *Gymnase* et l'*Odéon*, ce qui avait valu à ces théâtres les foudres de la *Nouvelle*, échoué finalement à l'*Ame ardente*, où Berqueberge le remettait de saison en saison. Elle renchérit :

— Le théâtre se meurt. Dumas accapare tout !

— C'est à vomir des cloportes ! hurla Sorpion, jugé par Hildebrand : « *Imaginatif épileptiforme, type Michelet, Carlyle.* »

Moutimbre avait le goût de la conférence et le

monopole de l'antipatriotisme. Il développa son
thème favori au milieu de l'assentiment univer-
sel : « Qu'est-ce que la patrie ? Une entité ? Non
point. Une illusion ? Peut-être. En tous cas, une
source de haines. Incessants conflits, sang caillé
le long des glaives, canons à longue portée et vis-
cères pendant, traînant sur les routes. Puis la
tombée du soir, sinistre et rouge. Et les hululements !... les pauvres hululements !... »

Mais l'auteur éloquent de *Brebis ronde* trouva
un contradicteur dans Griffanocalo. Le rasta-
quouère avait le chauvinisme intraitable ; il était
membre de plusieurs sociétés de tir et tutoyait
un général de cavalerie : « Je souis, mossié, oune
fils adoptif dé la Francé, mais j'aimé la France
par-dessus tout. C'est la grandé nation souvé-
raine ! »

Il y eut un tumulte :

—[La grande nation rétrograde ! la prophétesse
de l'immonde ! la Cassandre du purin !

— C'est un bays blus indéressant guand il a
édé vaingu, moins arrogant, plus drafailleur.

— Les patriotes n'ont pas le flube ! Je suis
pour la paix, moi, le commerce, l'industrie et les
arts.

Clipot et Brouillanous se réservaient, mais Mme Clipot fut très nette : « Les ceusses qui crient : *à la frontière* sont ensuite les premiers à se trotter.

— Certainement ! Le vrai courage c'est de rester calme.

— Nous comptons sur notre diplomatie, n'est-ce pas, monsieur Turniquel ?

— Ah ! ah ! pfètement, pfètement !

Un bruit singulier se fit entendre, comme si un chat-huant se réveillait sous la table. Dupied-Lenfant avait le hoquet. C'était l'habitude de l'académicien, et ce phénomène prenait chez lui une intensité spéciale. Félicité Brouillanous lui tourna le dos, écœurée, et chacun donna un conseil :

— Grignotez du sucre au vinaigre !

— Buvez sans respirer !

— Voulez-vous que l'on vous fasse peur ?

Le mal persistait, sec, rythmique et vivace. A chaque secousse, le visage de Dupied-Lenfant passait du blême au violet. On finit par s'y habituer et il devint le métronome de la conversation.

Celle-ci fut entraînée par Alain Le Puel vers les sereines régions philosophiques : « Le christianisme primitif était très opposé à la patrie. — Ici

sourire du côté de l'abbé Serbe. — La religion a
perdu son sens.

— Tolstoï y revient.

— Le catholicisme est putréfié. Il protège les
rois et les pères de famille, — grommela Sorpion.

— La patrie, la famille, la propriété, les trois
erreurs du monde moderne! C'est par là que nous
sombrerons; le cataclysme est proche. J'ai pour
moi tous les penseurs, Karl Marx, Stirner, Proudhon et Bakounine.

Cette sortie de la comtesse de Scudermo fut
très applaudie. Mme Toupin des Mares, elle-même,
entra dans l'arène : « J'aime votre courage, chère
âme, Ibsen aussi nous protège. Ses drames sont la
ruine de la famille. Ils nous révèlent l'abîme de
ce honteux préjugé. J'adore mes enfants, mais je
suis prête à les sacrifier à une idéation, à un symbole, à un mythe. »

Morgane se dit que Saint-Lippard était « un
triste mythe ».

Au nom d'Ibsen, à la voix de sa femme, le marchand de suif vibra : « Le *Canard apprivoisé! Maison
de Nora!* c'est sublime! Je n'ai pas la larme facile.
Je verrais écraser, brûler, piler quelqu'un, que ça
me laisserait froid... Mais dès qu'il y a du symbole,

25.

c'est plus fort que moi, ça me travaille. S'il vient
à Paris, ce brave papa Ibsen, je l'invite et je lui
colle du saint-estèphe numéro un, jusqu'à plus
soif... Ça le fait rigoler, ça, le jeune homme ? »
ajouta-t-il en désignant Gaston Saint-Lippard.

Sans qu'on sût comment cela était arrivé, l'en-
voûtement fut mis en cause. Tismet de l'Ancre, en
sa qualité de positiviste, donnait à ce prodige des
explications naturelles, « la transmission de la
pensée, la force du vouloir ». Il parut à Hildebrand
la seule personne saine de l'assemblée. L'abbé
Serbe, sollicité, garda le silence. Le baron Hurphen
répétait : « C'est ébadant ! c'est ébadant ! » et son-
gait avec terreur à ses nombreux ennemis de la
Bourse. Moutimbre fournissait des détails à la sérieuse Suzu : « Vous pétrissez de la cire, grossièrement ; vous lui prêtez une ressemblance
vague... » Chacun citait une anecdote personnelle.
La plus frappante fut celle de Termund Green :

— Je haïssais un poète américain, nommé Johnson, parce qu'il avait écrit ce vers : *La lumière bleue
et pâle de la lune.* Or la lumière de la lune est verte.
Je n'avais jamais vu Johnson, mais je possédais
une lettre de lui, et je l'incorporai à du suif dont
je fis une espèce de chandelle...

— Ah! ah! grogna Toupin des Mares.

— Je m'enfermai dans ma chambre, et, tout en lisant une pièce de mon auteur, j'allumai la chandelle et la plaçai sur une Bible. Elle se consuma sans grésiller, entièrement, avec une petite odeur de porc. Et le lendemain le *New York Herald* annonçait à ses lecteurs la mort accidentelle de M. Johnson dans le grand incendie de la 17e avenue.

Rose Coindart, qui s'injectait subrepticement une forte dose de morphine, regarda son amant avec des yeux d'extase.

Brouillanous et Clipot, démocrates et francs-maçons, admettaient les coïncidences mais niaient la possibilité du miracle. Ils allèrent jusqu'à invoquer Renan, ce qui suscita la fureur de Sorpion : « Arrière, l'apostat! le parangon de l'enfer! le fuligineux pilier du doute! »

Comme on achevait le dessert, Ernst Wallenstein reçut le bulletin de santé de Sivreuse, que le père de son directeur lui faisait transmettre quotidiennement : « La convalescence continue. Jacques a de l'appétit. Dites au bon docteur que sa visite demain serait inutile. Amitiés à tous! » Il communiqua ce billet à Tismet de l'Ancre, lequel le passa à Siegmund, et celui-ci en récita la teneur à l'oreille de Paul Lermy, dont la satisfaction fut complète...

On se leva de table. Le repas avait été long. Dans les salons vastes et lumineux, mais privés d'objets d'art, car Scudermo avait pris ses précautions contre toute éventualité fâcheuse, quelques invités, arrivés trop tôt, rôdaient le long des fauteuils, des canapés et des murs absolument nus. Appelés en témoignage par des convives dont les opinions avaient l'ardeur de la bombance, ils subissaient avec peine leur enthousiasme, semblaient froids e' ,rivés de pittoresque. Tel fut le cas de Morbougon, que harcelait la comtesse de Scudermo :

— N'est-ce pas que l'Allemand a plus de génie que le Français? N'est-ce pas que l'Anglo-Saxon est plus imaginatif?

— Certainement, madame. Les auteurs du Nord, Schopenhauer...

— Schopenhauer, je l'adore. J'ai passé la nuit dernière à lire la *Quadruple racine du principe de la raison suffisante.* C'est diablement fort! Vous, le pessimiste par excellence, n'avez pas, j'en suis sûr, d'autre bréviaire?

— Il n'a pas été assez affirmatif. — Morbougon jalousait Schopenhauer en secret.

— Comment! pas affirmatif? A côté de Voltaire, de Diderot, de Rousseau, de toutes ces lavasses des Français, il a une vigueur, une profondeur, une qualité de noir funèbre…

— Vive l'Allemagne! s'écria Désiré Feutrasse, qui entrait, son claque sous le bras, et déjà désirait plaire.

— C'est cela, vive l'Allemagne! répéta la comtesse de Scudermo. C'est le pays toujours en avant. Voyez Sudermann, Hauptmann!

— Je définis l'Allemagne : « Musique, métaphysique et poésie! » Formula Morbougon.

— Ah! quant à la musique, la France peut lui opposer quelqu'un. Je ne parle pas de Johannès Hallyre, dont nous connaissions tous l'impuissance — chut! il est peut-être ici, le pauvre diable! Johannès Hallyre dont la partition pour les *Beaux jours d'une essence* prouve la médiocrité parfaite. Non, mais voici un compositeur extraordinaire.— La comtesse de Scudermo tirait à elle un jeune homme d'aspect timide, chevelu, au masque de guenon : « M. Gamuret Perdrolle, auteur de *Rosinde* et de l'*Avoine divine*, dont vous entendrez ce soir quelque merveille.

Un petit groupe s'était formé autour du nais-
sant génie : le baron Hurphen, Toupin des Mares,
Ernst Wallenstein, Griffanocalo et Désiré Feutrasse. La comtesse disparut. Perdrolle resta seul
en proie à ses admirateurs. Pour comble d'infor-
tune, il était sourd. Hildebrand l'interrogeait sur
ses procédés harmoniques, sa méthode de travail, ses habitudes. L'éphèbe répondit : « Oui,
tout à l'heure, mais rien qu'une sonate », et
s'esquiva, le rouge au front, tandis que le subtil
critique notait sur son calepin : « *Microcéphale. Di-
gressif. Aliéné à forme torpide. Type Chopin-
Schumann.* »

Les salons se remplissaient peu à peu, et chacun
suivait ses affinités, de sorte que Lermy put es-
quisser à Claire la topographie des Kamtchatka :
« Vous remarquerez par ici le coin des amateurs
et des collectionneurs. Ce grand barbu, c'est Farton, qui s'intéresse à la peinture aussi ardemment
que Toupin des Mares. Autour de lui rôdent Pusquet de Gril, le sympathique Purgiflore, qui est
poète à ses heures perdues, l'aimable Cardon,
très en beauté ce soir, et Trenguin. Cet hippo-
potame, c'est Ledorgne ; il cause avec le verrier

Birbe, mais il est surtout passionné pour les médailles, et, dans sa belle demeure, on croirait
qu'une centaine de boîtes renfermant des ronds de
chocolat ont été disséminées sur les vitrines. Ce
troisième enfin, qui lève les bras au ciel, n'est
autre que Giret, fou de boiseries, de cuivres et de
cuirs, et son interlocuteur est Mufliot, l'*ouvrier
d'art*, comme il s'intitule, qui grave les symboles
dans du chêne et les encadre de devises empruntées à de Fries et compagnie. Farton d'ailleurs
ignore totalement la peinture. Ledorgne se fait renseigner par un déplorable numismate perdu aux
Batignolles, et Giret ne saurait distinguer le cuir
de Cordoue du cuir à souliers. Mais ces messieurs
protègent la jeunesse.

« A droite nous avons le cénacle des sculpteurs
exaspérés, des Michel-Ange en herbe et des Hou-
don en bouture. Ils se sont, j'ignore comment,
associés à nos plus célèbres critiques, et je vous
présente de loin le sévère Leclindère, l'inébran-
lable Palamède, le cruel Rangouste, l'implacable
Adolphe Judas, dont les sentences froides ont
condamné à mort Edgard de Fries.

« Car, ma chère amie, il faut que vous le sachiez,
Edgard de Fries et Johannès Hallyre sont,

depuis le four de l'autre semaine, au .ban de nos Kamtchatka. Combien je vous ai regrettée! Les deux premiers stades avaient été hués, secoués de rires et de plaisanteries. Quant au troisième, il fut joûé ou ˹lutôt récité devant les banquettes. La princesse de Fourvandières avait fui, abandonnant son rôle, et Jugnat furieux massacrait la prose harmonique du plus navré des poètes. Je sortais de mon altercation avec Sivreuse, j'étais nerveux, je songeais à vous, je craignais vos reproches. Cette débâcle, mon état moral, les fauteuils vides, ce comique et cette tristesse, c'est une impression inoubliable.

— Parlez plus bas, dit Claire : on nous écoute.

Ernst Wallenstein rôdait autour d'eux, cherchant à recueillir quelques phrases. Lermy lui lança un regard sévère.

—Je chuchoterai donc cette nouvelle, qu'Edgard de Fries a la jaunisse et que, sitôt convalescent, il compte bien partir pour Florence! Trop tard, mon garçon! tu ne peux plus te racheter. Tenez, voici Johannès Hallyre. Comment se fait-il qu'on l'ait invité? Il est aujourd'hui en exil. Le pauvre va droit à Cordar, autre débris, Cordar, ce « récitant *de symphonies parlées* » qui faisait fureur l'an der-

nier à pareille époque chez Mme Toupin des Mares
et la belle comtesse notre *amphitryone*. Ah! les
modes vont vite chez les Kamtchatka! Cordar est
maintenant un cadavre ambulant, un mannequin
privé de génie, et *notre* Johannès Hallyre, cet admirable artiste, est allé grossir la lugubre pha-
lange des crétins, des goîtreux, des innommables.

Pour racheter ces pertes fameuses, nous avons,
il est vrai, les *éventuels*. Savourez l'allure arrogante
de ce monsieur à cheveux bouclés, à menton de
galoche : Le Griomel, dit Sublimon, dont le dernier
ouvrage, *Verseuse*, a été un coup de tonnerre.
Il a inventé soixante-quatorze rythmes nouveaux qui tiennent du poème et de la berceuse,
d'où son titre. Il a son diplôme. Il méprise. Il
arrivera. Mais gare au revers, quand sa gloire
trop éclatante inquiétera les confrères envieux!
Qui se chargera de l'excommunier l'an prochain?
Judas, Rangouste ou Palamède! Admirez aussi
Gradoche, ce petit garçon à tête vicieuse qui nous
régalera tout à l'heure de quelques chansons de
Cayenne. « Le bagne et l'idéal », c'est la devise de
la maison bien plus que le chien traversé d'un
glaive. »

Un bref sifflement retentit. Chipet, le marchand

26

de bonbons, appelait ainsi sa jeune femme, dont
le corsage lui déplaisait, et il adressait à son ami
Alain Le Puel des reproches violents : « Tu me la
fagotes! Regarde-moi ça. Les dentelles craquent.
La soie est déjà usée. Tu nous traites comme ta
clientèle... » La maigre dame à tête de fouine
restait interdite, et le couturier, que le rappel
de sa profession agaçait, riposta par une diatribe
contre les fraises glacées du confiseur : « J'en ai
acheté un panier l'autre jour : la moitié était en
bouillie. Dis-le donc à tes *demoiselles !* »

La comtesse de Scudermo se multipliait. A
chaque arrivant elle battait des mains : « Totor!
oh! que c'est gentil! Je n'espérais pas vous voir! »
— « Salut, Verduron : votre dernier article est
stupéfiant. Je l'ai relu huit fois. Il faudra les
réunir, ces chefs-d'œuvre. » — « Bonsoir, marquise!
Enfin guérie! Tismet de l'Ancre est magicien. Vous
serez récompensée de votre courage. Nous avons
Purgiflore, un jeune esthète encore vierge, comme
Siegfried, comme Parsifal, qui doit nous réciter
des vers. Siegmund des Mares exécutera une
sonate de Perdrolle. Et votre mari, ma chère?

— Il est à Florence.

— L'heureux homme! Il y retrouvera Scudermo

que la direction de la *Nouvelle* fatiguait et à qui
j'ai conseillé les Botticelli comme repos. — Gu-
ten Abend, mein lieber Freund. Und mama ist
nicht gekommen?... Ya... Ya... so... so... wunderbar... ganz wunderbar... »

Autour d'une grande table chargée de tasses de
café et de liqueurs, Turniquel, Moutimbre, le
démodé Chénaguet, l'éventuel Pruderon, Brouillanous, Clipot et la baronne Wallenstein causaient
art, littérature, politique, sociologie et mysticisme. L'abbé Serbe s'approcha de la baronne :
« Quand me prendrez-vous comme confesseur?
— Mais je suis israélite, monsieur l'abbé, vous
le savez bien. — Qu'importe! la plupart de
mes pécheresses n'appartiennent point au culte
catholique. Je délivre leurs âmes d'une religion
définie. Je suis le soulageant muet, discret et
sage. Vous savez mon adresse, rue Tronchet? —
Que vous êtes singulier! — Je vous montrerai
mes Trouguins, un magnifique bahut de Mufliot dont j'ai fait l'acquisition il y a quelques
jours. Toute beauté me semble divine, madame :
c'est pourquoi, respectueusement, je vous adore. »
Et il joignit les mains avec une expression si dé-
vote que la juive éclata de rire.

Il y eut un mouvement insolite. On examinait
un grand homme, Héronge, qui n'a jamais écrit,
dessiné ni sculpté, mais dont la fonction, bien
plus rare, est celle de *causeur observant*. Ses inci-
sifs monologues et ses réponses subtiles étaient
célèbres parmi les Kamtchatka. Cette réputation forçait Héronge à garder une attitude pénible d'acrobate intellectuel, toujours sur la corde
raide, et il n'avait de répit que seul, le soir, dans
son lit, quand il n'y combinait point ses succès
du jour suivant. Il s'approchait au bras du maussade Cardon, entouré d'un murmure flatteur,
suivi d'une traînée d'éphèbes qui, par avance,
avaient un fin sourire. Le silence se fit quand il
demanda du café et tous, le cigare à la main,
attendaient le feu d'artifice. La pièce rata à moitié,
par la maladresse de Turniquel dont les hennissements partirent trop tôt. Héronge s'interrompit
dans le madrigal que la baronne Wallenstein écoutait avec un indéfinissable sourire, et demanda à
haute voix : « Quel est donc le cavalier qui a
amené ici sa monture? » Le secrétaire d'ambassade comprit, rougit jusqu'aux oreilles, et
se précipita vers Rose Coindart, qui passait
au bras de Termund Green : « Ravissante ce

soir, madame! exquise! tonnante! ravissante! »

Elle versa sur lui un long regard de pitié. Ter-mund Green grommela : « Si on me le confiait deux heures, je lui arracherais un à un les poils de cette énorme barbe, et je sèmerais du persil sur son menton. Ce serait bien plus confortable. »

Comme il cherchait une autre victime, le diplo-mate sentit sur son épaule le contact d'une douce petite main, et, se retournant, il vit Suzu, miracle de beauté, de fraîcheur : « Un mot, monsieur Tur-niquel! »

La fuite était impossible : « Pfètement, prin-cesse! à vos ordres! »

Ils traversèrent les deux grands salons et s'assi-rent dans un élégant fumoir, où seul Dupied-Len-fant achevait son hoquet en regardant un sup-plément illustré de la *Nouvelle* : « Mon cher monsieur Turniquel, je suis désolée de ce qui s'est passé l'autre soir entre nous. Si! si! je le regrette vivement, et je vous en demande pardon. » — Les beaux yeux bleus imploraient leur grâce avec une irrésistible ardeur, et, colombes captives, les seins sortaient du corsage mauve suivant le rythme de l'émotion. Turniquel voulut éluder ce souvenir :

26.

— Mais c'est moi, princesse, qui... Je n'avais pas la somme. Ah! ah! j'plaisante, j'plaisantais!

Le concert improvisé par la comtesse de Scudermo commençait sans doute, car l'on percevait quelques fragments des *récitations* du macabre Gradoche :

> ... Le pendu puait
> ... comme un chameau,

des applaudissements et des rires.

— Que voulez-vous, Félix, mon cher Félix? la cabale m'avait affolée.

— Pfètement, pfètement! Vous êtes nerveuse. Mon père, Célestin Turniquel...

— Horriblement nerveuse! Là, tout à l'heure, je craignais que vous ne me repoussiez, j'avais envie de pleurer. Ah! si je vous avais perdu pour toujours!

> ... La salope avec son salop,
> ... un vieux mégot.

Turniquel ne savait quelle attitude prendre. Il regrettait de n'avoir pas son chapeau haut-de-forme; car le claque est plat et fuyard, et, comme il était embarrassé de ses dix doigts, il en mit cinq sur ceux de Suzu, qui les serra passionnément. Elle pencha vers lui ce buste irréprochable, dont il se rappelait la douceur complète.

— Veux-tu m'aimer encore, recommencer l'épreuve? Cette fois je serai bonne, je te le jure! Nous partirons pour un voyage, un grand voyage; nous irons à Florence, à Bayreuth. Je t'apprendrai le langage des fées. Mes marraines te protégeront. Nous habiterons les sphères de l'idéal.

... Merde pour moi! merde pour elle!

Un tonnerre de bravos arrêta l'élan de Turniquel. Mais comme Dupied-Lenfant venait de sortir, afin de saisir la cause du vacarme, il jeta autour du fumoir un regard rapide, songea aux nombreuses faiblesses de Talleyrand, et de ses lèvres brûlantes frôla le front si pur de Suzu : « Je t'adore! je t'adore! je t'adore! Viens! Si, si! A l'instant même! Je te veux! » Elle l'entraîna. Dans le vestiaire, ils croisèrent maître Blétin qui arrivait, et Félix, pour éviter la vue de l'avocat, fourrageait désespérément dans les paletots et les sorties de bal, tandis que la joyeuse princesse songeait : « J'ai reconquis mon millionnaire! Sivreuse serait fier de moi. »

Siegmund recueillait les félicitations avec une

humilité feinte. La sonate de Perdrolle obtenait un immense succès :

— C'est sublime!

— C'est prodigieux !

— Plus beau que tout Wagner! que tout Beethoven !

— Vous n'avez pas vu Johannès Hallyre? Il rage, il écume.

— Ah! le malheureux! ça l'accable.

— Il est bon pour l'exportation, Johannès Hallyre!

— Mais ce Perdrolle, quelle richesse! quelle abondance!

— Et vous l'avez rendu avec un moelleux!

— Une finesse !

— Une sagacité!

Une voix robuste brisa le charme :

— Siegmund, mon gaillard, une fois pour toutes, laisse ton nez en repos!

— Oh là! mon Dieu! que c'est agaçant! » Le jeune homme s'esquiva. Toupin des Mares s'obstinait : « Sans doute, sans doute, il a du talent. Mais j'aimerais mieux qu'il ne fourrageât pas son nez avec cette furie. Il a cette manie depuis son enfance. »

— Chut! chut! chut!

Désiré Feutrasse s'avançait dans un cercle d'habits noirs et de toilettes exquises dont Alain Le Puel, à bon droit, était fier. Le « Tombeur des fromages », comme l'appelait Gréveuille, récita une pièce de vers de la baronne Wallenstein qui finissait par ce distique fameux :

Et j'attends en espoir, moi, la virile étreinte
Du héros chaste épris ou dépris. Oh! la crainte!

On courut aussitôt féliciter l'auteur, qui s'éventait modestement dans le fumoir afin d'échapper aux ovations.

— Madame, vous écrasez Desbordes-Valmore.

— Madame Ackermann n'a jamais rien écrit d'aussi sombre, d'aussi tragique! murmurait Morbougon.

Cet enthousiasme nuisit au court poème de Purgiflore, *Confession*, qu'il déclama les yeux au ciel et les mains en croix sur sa poitrine :

Vierge, veux-je préserver en mon âme
Toute l'imagerie indécente
Du plaisir rustique dont la féerie s'absente
Et la fatigue pâmée si calme, si calme, si calme!

Malgré les efforts désespérés de la comtesse de

Scudermo, ni Moutimbre, ni Le Griomel dit Sublimon ne consentirent à prendre la suite de ces
génialités. Ces messieurs jugeaient leur art trop
hautain, trop inaccessible pour être ainsi prostitué
en public, et ils expliquaient leur refus galamment :
« Si forte que soit des auditeurs la compréhen-
sive énergie, inférieure reste-t-elle au du maître
étrangement symbolique concept. » — « Moi
gardé-je pour moi ma maîtrise, confiant en la
seule bonne tiède lecture, un soir, de quelques
voyageurs, vers une auberge lointaine, s'exta-
siant : C'est Le Griomel ! » — « Vous renforcez
l'esclandre d'être nobles ! » leur lança Héronge
en une ellipse telle qu'elle demeura énigmatique.

Mᵐᵉ Moutimbre excusait son mari à l'aide d'un
langage plus clair mais non moins maniéré : « Son
œuvre est trop intime. Il ne travaille que d'après
moi. Il m'ordonne, par les beaux soleils, de m'asseoir dans un fauteuil, à contre-jour, et bientôt
l'inspiration lui vient. Il s'excite. Il déclame. La
pluie l'abat. C'est très curieux ! »

Au milieu de toutes ces vagues comédies, Blétin rôdait, en quête d'une proie précise. L'avocat
avait pris son parti de la défection de Félix, et les
lamentations réunies du père Houdraye et de

Célestin Turniquel le laissaient froid. Il avait flairé le scandale Scudermo, et il tournait autour de la comtesse. Profitant d'un moment où elle était seule, il l'attaqua avec résolution :

— La fuite de votre mari s'est ébruitée : on s'apprête à vous faire chanter...

Elle le toisa méprisamment : « Mais le chantage cessera moyennant cinq ou dix mille francs remis à maître Blétin ? Le tour est trop vieux, mon petit : il faudra chercher autre chose. Avec vos cheveux blancs, vous n'avez pas honte ? »

Il balbutiait encore dans le vide, quand il se trouva nez à nez avec Paul Lermy. Le jeune homme guettait depuis quelques instants ce visage de cabotin ironique et vil :

— Pas fâché de vous rencontrer, maître Blétin. Les affaires vont toujours ?

— Je ne comprends pas, monsieur...

— Vous comprenez à merveille au contraire. Méditez bien ceci : Si je vous retrouve jamais sur mon chemin ou sur celui de ceux qui me sont chers, malheur à vous ! Votre toge ne vous évitera point la correction que vous méritez.

Et le peintre, sans attendre la réponse, laissa le cynique avocat stupéfait : « Je suis brûlé dans ce milieu, songea-t-il. Bah ! Paris est grand, et les gogos sont innombrables ! » Et, saisissant par le bras Dupied-Lenfant, il lui dit de sa voix la plus nasillarde : « Partons-nous ? On étouffe ici. Quel nouveau chef-d'œuvre nous préparez-vous, mon cher maître ?... »

Les conversations bourdonnèrent. On se haïssait, on se dénigrait, on se flattait, on se mentait. L'encens et le fiel composaient un nauséeux breuvage. Johannès Hallyre, Cordar et quelques *démodés* ricanaient sur le passage des *éventuels*, cependant que les *génies* certains étaient épiés par les *critiques*. Le *causeur observant* Héronge mettait les *amateurs* en furie par ses propos sceptiques touchant les cuirs, les bois et les médailles. Les peintres et les sculpteurs combinaient des commandes ; les dramaturges futurs cherchaient des têtes de directeurs. Hildebrand complétait sa récolte de *graphomanes* et d'*écholaliques*.

Morgane, complètement désabusée, expliquait à quelques éphébesses sa conception du mariage : « Celui-là ou un autre, peu m'importe ! L'homme et la femme sont trop éloignés. Leurs cervelles sont inadéquates. » A quelques pas d'elle, Saint-Lippard racontait son histoire de chat : « Une fois j'ai bien ri, j'ai autant ri! C'était au ministère... »

Cependant Louise Toupin des Mares était en proie aux bonnes amies qui la questionnaient sur Gréveuille : « Que fait-il à Florence? — Est-ce possible que vous ne l'ayez pas accompagné? — Où donc est Mme Grivaudan? » D'abord elle supporta vaillamment son martyre et trouva même d'adroites ripostes. Ses interlocutrices se taisaient tout à coup, avec ce bref sourire amer qui, dans l'escrime féminine, signifie : « A moi, touchée! » Puis les allusions l'accablèrent par leur masse et par leur fréquence. Or chez cette pléthorique personne tout mouvement de l'âme était congestif, aboutissait au saignement de nez. Dès les premiers symptômes, elle quitta sa place de combat et monta à l'étage supérieur, où se trouvaient les appartements particuliers de la comtesse. Dans la chambre de celle-ci, un brutal spectacle l'attendait : Toupin des Mares tenait serrée contre lui une femme de chambre brune et la baisait goulûment sur le visage. Cette fille riait, se débattait, la taille renversée en arrière, les mains sur celles de l'agresseur, énormes et lubriques. A la vue de sa femme, le marchand de suif lâcha prise, bondit devant la glace et, fort penaud, arrangea sa cravate.

27

Cette fois vraiment il eut la trouille. Mais Mme Toupin ferma les yeux, et, de sa voix la plus calme, dit à la servante ahurie: « Ma bonne Rose, préparez-moi vite une cuvette... »

. ˙ . . . .

A part du monde, assis près d'une fenêtre ouverte sur la nuit majestueuse et douce où l'aube tressaillait déjà, Claire et Lermy, les yeux dans les yeux, entreprenaient le grand voyage. Il admirait sa tête fine, son regard profond, ses bras exquis sortant du tulle rose, la droite route de sa pensée aux horizons de poésie et de rêve. Ils se parlaient de près et les mots y gagnaient du prestige. Ils s'avouaient leur timidité, la double contrainte de leurs cœurs, ces scrupules qui précèdent l'aveu. Elle sentait à mesure sa tristesse se fondre, l'indépendance s'épanouir en elle.

— Partons, ma chérie; quittons cette société menteuse où tout sentiment vrai se décolore. Puisque vous êtes résolue à franchir le refus de votre père, allons nous marier quelque part où nous serons seuls devant nous-mêmes. Ici, dans ce milieu de corruption et de fausseté, les âmes fières s'irritent, les nerfs se contractent, on devient méchant. C'est l'horreur des réunions d'hommes, qu'elles tournent tout élan en satire, qu'elles dispersent nos forces vers l'ironie.

Le sérieux visage de Claire s'illumina, comme le jour sortait des ténèbres. L'aigre chant du coq retentit, et la ville se mit à frémir. Le ciel devint lentement rose. Elle perçut le poids de son cœur, l'aigu de la vie, une inquiétude divine.

— Mon ami, je vous suivrai partout!

— Il est des pays miraculeux vers le nord, au printemps, où la passion n'est jamais frileuse. Des roches sur la mer infinie, de grands lacs semés de verdure, des forêts pour se perdre et d'étincelantes petites auberges. Après vient l'hiver, la blanche royauté de la neige; les bateaux fendent la glace, qui s'écarte en bruissant; les traîneaux carillonnent; les poêles ronflent. C'est là que nous fuirons d'abord. Je t'aime : veux-tu partir?

L'amour seul dirigeait leurs actes. Sans répondre, elle se leva et le vit tremblant, le regard agrandi de fièvre. Ils traversaient les groupes de causeurs, et mystérieusement, délicieusement, tels que des voleurs de liberté et d'extase, l'un protégeant l'autre, ils s'évadèrent.

FIN

IMPRIMÉ

PAR

CHAMEROT ET RENOUARD

19, rue des Saints-Pères, 19

PARIS

www.ingramcontent.com/pod-product-compliance
Lightning Source LLC
Chambersburg PA
CBHW071843020726
47502CB00003B/577